人生有病才完整

張卉君　劉崇鳳

目錄

中場

下半場

寫在之後

寫在，之前

「接下來要寫什麼呢？寫家、寫愛、寫病、還是寫旅行？」

「有沒有可能，透過述說那些身體和心理的創傷、直面存在黑暗深處獨自承受的痛苦，而得到紓解和釋懷？」

……

「好，那就寫病吧！」

「接下來要寫什麼呢？寫家、寫愛、寫病、還是寫旅行？」「有沒有可能，透過述說那些身體和心理的創傷、直面存在黑暗深處獨自承受的痛苦，而得到紓解和釋懷？」在二〇二〇年底共同書寫《女子山海》之後，萌生了這樣的念頭。

這個主題，誠實、深沉，而且有點重量，會有人想看嗎？我們憂慮過。《女子山海》出版後，我們在全臺巡迴講座過程中，發現多數讀者對於書中內心幽暗的自我探索更有共感，相較於大山大海的環境意識，那些性別產生的刻板印象和差異對待、身心疾病患者的身分和傷痛經驗，引發熱烈的討論，甚至迤邐出自我與他者之間更綿延深長、相互映照的生命風景，有深沉闃黑亦有翻越之後的重生與恣意。這些共同和相異讓我們有機會彼此理解、互為補充，在過程中得到抒發與療癒。

那麼，就不用設想那麼多了吧。重點是我們想寫，這幾年在對身體、對心理的探索與認識，有許多深刻的領會與收穫，即使我們的身心在成長過程中付出了這些代價，部分病症甚且不可逆，生命卻因此愈發成熟。如果不曾病過痛過受傷過，也許我們不會迸生出更泰然更圓融的，活著的姿態。

「好，那就寫病吧！」兩人在一次次與讀者共振的感受堆疊之後，決定潛入更幽深的內在之海、攀向更險峻的意識孤峰，以文字和拋接引動的默契，書寫最異色荒涼的生命困境，以拆解作為重組的手段，以自剖當作自癒的療法。

於卉君而言，在書寫中對於憂鬱症、自毀念頭的自我揭露，是非常大膽且艱難的嘗試，作為公共議題的倡議代表被社會大眾看見，長久以來她對外建置的人物設定形象是感性理性兼具、正向積極的生命樣態，彷彿陽光一般燦亮沒有陰影。她不擅長向大眾攤展自己，那些生命中的困境、挫折、疑惑、傷害和失重感，只存在自己的內心抽屜裡，不輕易說給別人知曉；更甚者，為了說服世界本是美好、值得繼續努力，而將傷痕與瘡疤給藏好收好，不要失去信心。

於崇鳳而言，藉由書寫一點一點把自己如洋蔥般撥開，直到看見核心內的真實，揭穿自以為是的謊言，是她創作最深的動力。能因此重新爬梳那些曾經受的傷、看見自己曾有多莽撞、又如何習得溫柔對待自身，是她書寫得痛苦時，至深的明白。她想把對自己誠實的快樂分享給大家，病痛原來是幽默的神旨，告訴一心祈求太平無事的人們，那些看不見的靈光與祕密。

崇鳳說：「經歷受創病痛，才懂做自己的女神。」

卉君說：「有病才是完整的人。」

隨後不久，公視影集《四樓的天堂》出現經典臺詞：「人必然有病，人因病而完整。」

若地獄如此殘暴枯絕，願我們是彼此的溫柔之力，走過大疫之後的共病時代。

序・藥罐子

關於活不久這件事，我可是從小就有覺悟的。

病始終像光潔蛋殼裡的胚胎暗記，並不張揚兇猛，只是始終都在，蛋殼敲開之後醇黃的蛋仁中那粒小白點，有時帶著血絲地，如宿命或基因一樣標記著我的生命。

所以打從我有記憶以來，就是個藥罐子。

自五歲起過敏引發的感冒沒離過身，舉凡季節轉換、毛屑灰塵、冷熱空氣交替，總能輕而易舉地透過呼吸道侵入我的體內，接著一連串喉嚨痛、流鼻水、打噴嚏的症狀襲來，吃藥也不見治癒的跡象，我只是在溼冷的氣候之下一再驗證了免疫系統的無能為力。

為此阿婆總是煩惱，我不像她年輕時的身強體健，俯仰於田間辛勤種稼勞動仍手腳利索；相反地，她的長孫女成日病懨懨又無精打采。「小君啊，妳是紙糊的、用鼻涕糊的嗎？（臺語發音）」阿婆揶揄著，在她轉身給我燉補品之前——這個形象化的玩笑，挾帶「金童」、「玉女」紙紮人的民俗想像，我無語地苦笑著，憋飲補味十足的中藥湯，溫吞入喉之際，人蔘、茯苓、當歸、芍藥、黃耆、枸杞……氣味混融的濁色藥湯彷彿一連串的魔咒密語，一滴一滴浸潤著我紙紮的五臟六腑，直至氣息裡都有草藥的味道，身體卻始終沒見起色。

阿婆長年信佛，家中香案供著祖先牌位與觀世音菩薩、媽祖娘娘與土地公，早晚清香三炷，煙霧裊裊之中，有阿婆頷首斂眉虔誠祈求的身影。她深信著善惡有報，誠心祈願必有回應，唯獨心急長孫女不像鄉間孩童一樣自帶三把火光，見湯藥無效，阿婆向道友們明查暗訪，偷偷揹了我去給別的神明當乾女兒。彼時我並無記憶，卻在日後阿婆臥病時向我慎重地提起：「妳是神明的乾女兒，切莫殺生見血，阿婆許願承諾了神明，不得違背，祂將護佑妳一生。」像是一個互換的祕密，我始終不知道阿婆承諾了神明以什麼代價交換我的健康，只感覺命運之網黑影幢幢如同陽光照不進的密林。

許是承襲了爸爸的文學天賦，從小我就偏好文學，童年時期爸媽工作忙碌，下課後習慣泡在圖書館裡等待媽媽來接我回家，文字成了孤獨時最親切的朋友，也喜歡用它來表達內在的青澀與斑斕。中國古典文學裡我特別喜歡《紅樓夢》，當時正是細膩敏感的青春期，每到換季時節噴嚏頻頻氣索神蔫、體虛多病的樣子看在爸爸眼裡，硬是自以為幽默地虧我：「妳以為自己是林黛玉啊？妳林帶屁啦！」——這就是我老爸自帶冰點的笑話哏，從小聽到大反而我對諧音冷笑話很免疫。

相較於氣血旺盛、身手矯健的妹妹，運動神經不發達和反應較慢的我也常被質疑行動能力，姊妹倆「一文一武」的形象顯得我更孱弱了：「妳妹妹是放山雞，妳是白斬雞。」爸爸以一種更為形象化的方式來區別我倆，不斷深描的氣質特色隨年齡漸長，我幾乎也要認同這樣的差異，懷疑起自己健康、敏捷的可能性——所以說真的，當我意識到不是這樣，浪漫是可以冒險的、不夠陽光健壯並不影響行動力，其實就源自於大二那年，我和妳一同出走的那趟東海岸行旅。

做為十八歲那年相伴迄今的好朋友，妳一定記得我在大學時期就說過自己活不過三十歲的「斷言」，那時太過年輕叛逆，也厭膩了十八歲前總是病弱甚至爆肝的自己，對身體的陌生和抵抗、對健康渴望而不可得，都一再地堅定著我即便活不久也要燦爛如花的信念，對妳說出「我只要活到三十歲就可以了」的妄言。然而直到現在，妳要是問我：「怎麼樣，已經活超過三十歲了？」我還是會用一種寧可活得精彩也不要生病苟活的心理壓力告訴妳：「那活到六十歲就可以了。」

藥罐子的陰影始終沒有從童年離開，即便阿婆向神明許願、爸爸打趣提醒、媽媽悉心照料，我仍然是家族唯一「近視眼」的代表、唯一「沒膽」的人、唯一「落下頦」的笑料冠軍，同時遺傳了爸爸的胃不好、肝不好，從小病痛不斷的經驗讓我自嘲，「每到一個城市，附近什麼科的診所在哪裡我都知道！」從西醫到中醫、從腸胃科到身心科、從保健食品到香草精油……我的生活裡從不缺乏藥袋或ＯＫ繃，每一種藥品的如影隨形都暗喻缺乏與依賴，從身體到心理，指涉著棄毀與軟弱。

所以怎麼可能不聯想到死亡呢？

也許正是因為小病不斷大病未死的身體經驗，讓我過早得出生命隨時可能中止的領悟，格外擔心時間不夠用，選擇活得如此用力、愛得毫不保留、痛與笑都這麼盡興的方式，要自己如泰戈爾（Rabindranath Tagore）的詩：「生如夏花之絢爛，死如秋葉之靜美。」對於生命的起落處之泰然，追尋活著的品質，鍛造靈魂的質地；也嚮往轟轟烈烈活過一場的生命，像李白那樣「而浮生若夢，為歡幾何？古人秉燭夜遊，良有以也」的灑脫與豪爽，如此一來，也就不枉此生了，不是嗎？

年輕時總想著要自己決定生命的精彩與長度，既然無法決定出生，至少能夠讓死亡依隨自己的意志，對於「病」的抵抗和疏遠，永遠在對自己的身體生氣，狠狠地使用它卻從不悉心照顧它；不知不覺一直活到了四十歲的現在，人到中年了，才慢慢學習如何與病共存而不輕言放棄、如何擁抱自己的孱弱與無能為力而不責備身體那麼不爭氣。

張卉君

藥罐子裡裝了太多的藥，都是因為害怕疼痛——我這才發現我們不斷填裝的其實是對治癒的仰望，以及「好好活著」的渴盼。

序・我沒有要跟妳比誰比較會生病的意思

關於長命百歲這件事，我可是從小就有覺悟的。

自小面對生病或受傷，每一次對生存感到憂懼時，我會打開自己的右手掌，仔細看那一道自虎口生出，拋物線也似滑落的掌紋，又深又長，直到手掌根部，我會一邊看、一邊信誓旦旦告訴自己：「放心，我的生命線很長。」以此證明自己安全。

不知道為什麼自己想活得長久，也許是自小體弱多病的關係。

小學的記憶中，不是在讀書，就是在生病。整個童年我將生命託交給前三名獎狀的追求，彷彿得獎才能完整我一般地孜孜不倦。然而追尋更好更完美的同時，孱弱的身體始終形影不離。體弱多病的資優生，最大的煩惱是五育成績單的「體育」，時常沒能拿「優」，不小心就會得「甲」，我心裡著急，卻拿身體沒辦法，容易傷風感冒的體質，一病就是一週，感冒藥包是書包裡的常客，趴在桌上咳嗽流鼻水地考試，頭暈腦脹還是要拿第一名。

那是在四年級吧？得了腸胃炎的我，躺在診所病床上吊點滴吊了兩日，母親無微不至地照顧，直到我虛弱地回到學校，剛好公布學期第三次考查成績，當第一名的獎狀補發到我手裡，聽聞同學偶發的讚嘆，那不舒服的身體彷彿成了金字招牌，「優秀」與「虛弱」，難道可以相得益彰？我發現這個重大祕密，兩項特質都可以吸引師長的注意力，肯定與照料會翩然降臨，就沒想要身體好了。反正，我的生命線很長。

只是我那意志力強韌的母親卻不服命運的安排，千方百計照顧與滋補心肝女兒的身體。我是聽話的乖女孩，喝下諸多燉補食品，不吭聲也不埋怨，雞湯和四物的味道充斥著童年。西藥的氣味如影隨形，如廁時聞到泛著藥味的尿液皺起鼻子，暈脹的腦袋、寒冷瑟縮的身體與溫熱的藥尿，竟成為童年的經典體感。

我從不說不喜歡，只在吃川貝枇杷膏時會開心一下，喜歡它清爽的甘味，能鬆緩我緊窒的心。其他的，都得忍耐。

多病的小學記憶唯一充滿活力的風景，是妹妹的存在。與妳相似，我也有個活蹦亂跳的妹妹，我們班男生都叫她「航空母艦」。小我兩屆，卻是孔武有力的大姊頭。自小跑田徑、跳有氧、擲鉛球……要是我被班上哪個男同學欺負了讓她知曉，她會在下課跑到我們班門口，叉腰大喊：「是誰欺負我姊姊？」聲如洪鐘，其強而有力的捍衛之姿，竟使我的清秀瘦弱更理直氣壯。像故宮博物院裡高貴且易碎的翠玉白菜，妹妹則是歷史博物館中農耕時代的黃牛。我愛她陽光般的質樸，羨慕她的健康，滿載著生命力。但不行，我得繼續弱下去才行。我若強健，就不用被保護了。

奇怪的是，那樣的年紀讀注音版的《紅樓夢》，我卻極討厭林黛玉。我討厭她，受不了她的虛寒柔弱與多愁善感，如禁不得風吹雨打的花，成天灌湯吃藥令大家心疼，無聊死了！我偏愛精明幹練的鳳辣子（王熙鳳），每日精神抖擻料理兩府事宜，即便爭強好勝、愛慕虛榮，我仍為她光鮮亮麗的容顏所著迷。

大概是嚮往這樣獨立自主的女子風情，又或我終於膩了仰賴他者照顧那種有條件的尊貴。中學後喜歡上籃球運動，和其他女同學一樣剪了俐落的男生頭，手不釋卷的是漫畫《灌籃高手》（*SLAM DUNK*），揮別弱不禁風的文雅女孩，急停跳投，「刷——」漂亮的空心球，得分！

我把林黛玉踢得遠遠，做驍勇善戰的王熙鳳。

說也奇怪，中學以後，就不那麼常感冒了。我的皮膚愈來愈黑，動作愈來愈放得開，有時甚至故意顯得粗野。體弱多病的童年彷彿一陣朦朧的夢囈，煙也似地飄散入雲端。母親氣急敗壞於我一落千丈的成績，我學武俠小說橫眉冷對——為了叛逆與流浪，我要變強壯。

那時還那樣年輕，怎麼也想不到，心理影響身體如此之大。

高中時愛上跳舞和羽球；大學則著迷於登山和旅行，聰明如我知道要保養自己，才能成就這些志趣。只因身體是實現自我的載體，工欲善其事，必先利其器，我不能沒有她。

這麼磨呀磨、磨呀磨，那為夢想而逐漸強盛的身體，不僅能登山遠行，還能帶妳並肩同行島嶼長長的東岸，以及遠走到中國邊境天南地北地去闖。所以那天當妳告訴我「不想活過三十歲」的宣言時，我真懷疑我是不是聽錯了。妳不想苟活，冀求光輝燦爛地殞落；我卻貪生，不同的人生階段滋味各異，要天長地久多好。

身體就這麼被鍛鍊起來了，堅韌不摧的意志卻常令自己在挑戰臨界或操過頭的狀態下受傷，比如令生理期的自己在冬日高海拔的環境中負重攀登，連淋三天三夜的雨雪冰雹也無所謂。青春正盛二十歲，什麼都無傷大雅，我不想老了以後會怎樣，也幾乎遺忘，那位常態性坐餐桌前盯著藥袋發呆，聞著藥味百般抗拒的小女孩長什麼樣子了。

近不惑之年，才恍然討厭林黛玉的原因：我討厭我自己。

多麼渴望，健康快樂。

曾有個治療師在觸診我的身體後，開口第一句是：「這身體弱，先天條件不佳。」我耿耿於懷，為此難過良久，為什麼是我？天生拖著一個爛皮囊。

多年後，另一位推拿師在診療身體的過程中，嘆道：「真不容易，妳把她（身體）練起來了。」我才知道體弱多病只是故事背景，誰都有權改寫。和寫作一樣，我不是天才，必須不間斷書寫，才可能積沙成塔；身體底子不好沒關係，我是個練家子，只得一練再練、反覆觀照，就當做一齣後天不失調的回春大戲吧。

所以我愛回了林黛玉，哭哭啼啼的至情我拿回來、愛恨貪嗔的至性我也要回來，不用治癒，只求接納，理解她因何而生得如此，然後許諾我會關照她，如果可以，願一輩子相愛，直至死之將至。

喊我林帶屁也可以。

上半場

卉君：「身體總比我能猜測的要更奧妙神祕，那強取豪奪不知愛惜造成的損耗，為器官細胞帶來更深長的影響，而頭腦卻毫無所覺。」

崇鳳：「我需要的不是神醫，而是一個讓我善待與接受自己的溫暖搖籃，我得自己打造。」

過於敏感

如果可以，我希望能活得粗糙一點。

更精確一點來說，從小我便介意自己是那個必須被特別照顧的存在——比方說，阿婆對我的悉心照料，總在家人共食後的餐桌外，阿婆為我準備在灶上的那碗中藥湯，怕我嫌湯藥苦不肯就口，特別加了雞腿滋養。姑姑們飯後經過廚房見我有「私家料理」候著，總是又嫉妒又羨慕地揶揄幾句：「吼，阿婆都只給妳準備好料呢！」

健康強壯如放山雞的妹妹不用特別看顧，她胃口好、腸胃也好，吃完正餐還能逛夜市，嚼著鹽酥雞配啤酒肆無忌憚，而我卻只能望著她大快朵頤的模樣，默默吞下苦味濃重的中藥湯。不知道是幸還是不幸，因為長期過敏而幾乎無法呼吸的鼻腔遲鈍了嗅覺，連帶著味覺也意興闌珊，即便中藥味苦也不覺得太難以下嚥，只懊惱著自己麻煩難養，覺察周遭人對待時總多了份小心翼翼，好像我是一尊嬌貴易碎的瓷娃娃。

無奈的是，喝了好幾年的湯藥，季節一轉換，我的鼻子依舊比氣象預報還要精準，一道清晨寒露的濕氣、一朵按時序綻開的香花、一張毛屑飛揚的床單、一隻懶洋洋的貓走過門廊、或迎面撲來熱情擺尾的小狗，都能瞬間引爆我的呼吸道，噴嚏、鼻水不止，喉嚨發癢眼睛紅腫，連耳朵和皮膚都搔癢難耐，一旦開始了第一個噴嚏就無法收拾，接著半包衛生紙便消耗殆盡，滿桌子「水餃」伴隨整天的頭昏眼花，夜裡連入睡都無法安穩，頻頻被逆流鼻水嗆到，微缺氧的狀態時日一長，黑眼圈也特別明顯，臉上看起來總少了神清氣爽的精神。

長期的過敏如影隨形纏繞著我，過窄的鼻管和腫脹的鼻瘜肉讓鼻腔呈真空狀態，每當過敏源一出現，持續好幾個星期都像是置身於三千米以上的高山，空氣稀薄得快要窒息，一閉上眼又像是墜入幾千米深的暗黑海溝，那裡闃黑無光，亦無一絲前進的希望。

我幾乎每個月都得要去耳鼻喉科報到，頻繁規律得像是月經。只記得自己看著醫生的臉，了無生趣地求救：「醫生拜託，打針吃藥都可以，你讓我晚上能夠呼吸、可以入睡就好！」一開始總以為自己是感冒，但醫生只是淡淡地說：「妳這是過敏，需要長期治療。比較好的方法是做個過敏原檢測，這樣妳就知道自己對什麼東西過敏，以後可以避開。」我說我大概可以知道，每當抬頭看見光線裡飛舞的微塵毛屑，下一秒就鼻子發癢了。

「不然還有一個方法。」醫生冷冷地神來一筆：「妳可以開刀把鼻管整大一點。」我頓時腦袋發怔，聽不出這是笑話還是建議：「呃……我只聽過有人去把鼻子整挺、鼻頭整小，沒聽過花大錢把鼻孔給整大的呀！醫生。」哭笑不得的我只得從此口罩不離身，打掃房間時、出外旅行時、家裡偶有貓狗來訪時，我將自己與某部分的外在世界隔絕起來，以阻絕那一觸即發的鼻腔大戰。

也因為這樣，我到每個落腳之處都格外注意灰塵，若不得已需要過夜，借朋友家下榻的床鋪或沙發、出差一晚暫居的民宿飯店，總要習慣性地俯下身來細看分布在環境中的纖維毛髮，一點點塵屑堆積都不放過，照慣例戴上口罩，動手再打掃一遍，幾番掃灑過後才能放心地坐臥。第一次見我如此挑剔的朋友總會笑著說：「妳是有潔癖還是職業病？」（噢，妳知道的，我當過咖啡店的外場服務員，家裡也經營了一陣子的民宿。）殊不知這神經兮兮的反應源於自小的過敏體質——而我多麼嚮往自己可以是不拘小節、豪放瀟灑的女漢子，能不讓鬚眉大口喝酒大口吃肉，還百毒不侵得以笑傲江湖。

但我偏偏就不是，我的身體難伺候又麻煩得要死。

「我過敏。」只能在同行旅伴瞠目結舌時，一邊打掃環境一邊若無其事地解釋，彷彿在承認自己脆弱易碎，並為此感到羞赧迴避——「過」於「敏」感的身體，「過」於「敏」感的心靈，在這裡敏感不是正面修辭，而是一種病態的展現：妳已經不在正常的範圍裡了，對於一般人不會造成影響的那些細微差異，卻讓妳產生了這麼激烈的反應，妳不正常呀。每當在群體裡顯得突兀時，我心裡總迴盪著「過於敏感」的吶喊，假裝無謂地吞下「豌豆公主」的訕笑，卻下意識地抹去身上過於精緻的標籤，用粗枝大葉的動作和迷糊、遲鈍，讓自己看起來溫和一些。畢竟，過於精緻的物品會給人帶來壓力和提心吊膽，過於細膩善感的性格也是，讓人難以靠近。

不知道是久病成良醫，成長經驗讓我懂得提早預防，抑或隨著年齡漸長體質也產生了變化，曾經類固醇、鼻噴劑、口罩不離身的狀態，在年逾三十之後慢慢改善了。過去爸媽皺著眉頭說：「奇怪耶，我們這一代的人都不太會呀！」而煩惱擔憂的過敏症狀，在現代社會中卻愈來愈常見，甚至逐漸習以為常。「對藥物或食物有過敏反應嗎？」成了病歷表上固定會出現的欄位；大家在言談之間提到「過敏」時已不再帶著一種小心翼翼的眼神或語氣，自在地像是在說「喔，我不吃香菜」一樣理所當然，頻繁的程度讓我都要懷疑「過敏」是不是一種文青形象的標準配備，跟手捲煙、黑咖啡或比利時啤酒歸在同一類，沒說出幾個過敏原來好像都要顯得不夠有個性了。

對於「過敏」形象的厭惡與自卑已然過時。

漸漸地，市面上一些談「高敏感」族群的心理學書籍，也陳列在書店明顯的櫃架上，初見時有種被看穿祕密的驚訝，卻又不由自主地迎向它們，俯首稱是，原來我一直抗拒著纖弱的自己，尋求「過於敏感」的解方——也許，從頭到尾我的過敏都不是一種病，它可能有點麻煩，卻沒有錯。

身體的反應映射著內在陰影，長期如影隨形糾纏著我的，是疏於照顧自己的錯待，以及對「合群」的某種鄉愿和擁戴罷了。

過敏：
醫學見解指出，過敏是指人體與外界某些物質接觸後，引發體內免疫系統高度活化而造成的發炎症狀；常見有呼吸道、皮膚、眼睛乾癢等身體反應，或者皮膚表面長出紅疹等現象，針對不同過敏源且因人而異所產生不同身體反應。

嗯哼，敏感是種超能力

那是南方窄巷內一幢兩層樓的老屋裡。

大學畢業前最後一年，與登山社學弟妹相約到餐館吃飯，趕著要去飯局的我在房裡匆匆換裝，抽出一件衣櫃底層的內衣，揚起了細小的粉塵，老屋的塵蟎早已不是新聞，我不以為意，只記得到餐館後的笑語喧嘩中，身體開始發癢，我不予理會，想是天氣太熱，誰知愈來愈癢，不由得搔抓起難耐的胸口和上背部，一邊搔抓一邊談笑，直到我笑不下去，跑去廁所掀開上衣——大片的泛紅斑塊不規則浮腫在白皙的皮膚上，看得自己頭皮發麻。

那是人生第一次過敏。過敏原不得而知，記得在皮膚科診所對醫師低吼：「為什麼？二十多年來都好好的，怎麼會過敏？」自認已把自己鍛鍊得健壯如牛了，我無法接受。

不知身體什麼時候變敏感的，顯然我無法再繼續神經大條下去，全身紅腫熱癢的症狀將令我難以為繼。「妳遇到過敏原了，一旦開始過敏，之後就只能避免了。」醫生說得不慍不火，我卻一心只想回到過去。

第二次發作，在一年後夏天的遠行，西藏高原的小旅店內，夜半過敏突然發作，急性蕁麻疹伸出爪牙，遍布全身，當時的男友見不得我在床上翻來覆去的痛苦，摸黑下樓，硬是去敲了大街上深鎖大門的藥店，拿了抗過敏藥物來。說也奇怪，吞下藥丸後，身體慢慢得到了緩解，我的呼吸從淺短急促變得緩而長，再狼狽不堪也昏昏沉沉入眠了。

直到現在，我還記得那高原房間簡陋黯沉如荒原的蕭瑟感，遙遠的異鄉人生地不熟，唯過敏我愈來愈相熟。

那一次我意識到，若要完好安適去流浪，必須自行生出應對策略才行。

此後，抗組織胺與皮膚藥成為我登山旅行的必備藥物。我不知我的過敏原，種類繁複也不一定能檢測出，只藉由每次過敏的經驗檢視與回顧發現治療和緩解之道。有一年，連數週緊湊密集的行程，習慣遷徙變動的我幾乎在環島而不自知，在即將抵達臺北的火車上，身體出現一種快要發癢的奇怪感受，像一隻蟄伏的獸蹲低了身子。而我已不是頭兩年對過敏徵兆無意識的我，不管三七二十一解除當下所有的束縛：外套、內衣、項鍊、手錶、髮束……接著關掉手上的筆電，閉目養神，安撫自己：「沒事沒事，會過去的。」

一直記得自己及早覺察那隻蟄伏的獸即將攻擊的微妙感受，並火速應對的果決。為了不讓其發作，任何能令身體舒服的方法我都願意嘗試。那頭獸確實因主人的緊急照護與回應，安靜地趴下了——安全過關，我發現了何謂前兆。

此後，我知道自己不只對特定塵蟎過敏，過勞也會誘發。從最初的自怨自厭，到我將之視為一個忠誠的提醒：「這裡不適合我。」「太累了，再繼續下去就要過敏了。」

身體有個忠實的警鈴，分毫不差地點提我盲點與要害。可嘆我是個求好心切、勞碌奔波的工作狂兼苦行僧，只是急性蕁麻疹比我更狂更僧，如無私中正的頂頭上司，它若喊停，我就必須停。

蕁麻疹的病因向來難以論斷，我只能研究與它共存之計。後來也不管成因了，只要發作，反正脫光趴平，請先生來往浴室不停更換涼感毛巾，每每浸了冷水新更換的毛巾鋪平在背上一瞬，我總感覺到某種僵熱緊窒奇異地崩解，那是過敏的身體，或許也是，過勞的自己。

隨後多年，過敏沒來找過我。我得意忘形，以為自己終於懂得如何趨吉避凶了。像一隻躲在門縫裡探光的蝴蝶，不停振翅，一心飛往外頭那沒有禁忌不用在乎太多的世界。

去年秋天，大院跑來一隻小黑狗，怎麼趕都趕不走。仗著一臉無辜，先生和我宅心仁厚，萬般無奈下養了，開啟毛小孩的人生新篇章。

養狗一個月後，身體安安靜靜地，在某個不期然的時分，自前胸後背的軀幹，開始了一片片微微隆起的紅腫。

嗨，好久不見，蕁麻疹！

依慣例降溫緩解、吞抗組織胺，然而熟練的招數卻不管用了，過敏退了又發、發了又退，這是過去不曾發生過的事。夜半，過敏嚴重干擾睡眠……我一邊搔抓、一邊貪睡，愈抓愈燥熱，踢掉被子不多時又打噴嚏，又熱又冷要逼死誰！

乖乖去皮膚科掛號，醫生聽聞過敏已逾一週，直接打針，再開另一種抗過敏藥物。一個月裡，我看了三間皮膚科診所，挨了三四五支針，那些扎進手臂的針筒一支比一支粗壯，裡面都裝著亮晃晃的液體，卻無法壓制過敏反應，一點點也沒有。

已鮮少吃西藥打針的我，冷冷看著五顏六色的藥丸，自動斷藥。

多害怕，過敏原是狗毛。然而就算離家多日過敏亦未見緩解，狗毛是否對身體造成威脅始終無法判別。那個月這麼昏昏沉沉地過去，夜半總是搔抓，忍耐著、死撐著、歹活著。

我變了，過敏也變了。多年不見，過敏不再是急驚風而成了慢郎中，我的急性蕁麻疹，轉為慢性了嗎？

那段時日只要看到狗就覺得委屈，憑什麼不能接近牠？可是我害怕，我怕了狗，過去一個月曾那麼認真地對待彼此，當一份真誠的愛變成了恐懼與懷疑，誰都會無所適從。

「難道，我對愛過敏嗎？」我對浴室鏡中的自己苦笑，困惑且絕望。
頹喪地與先生說了這個想法，廚房裡正切菜的他輕描淡寫地說：「這是壓力。」我驀然轉身，他命中了什麼？「對，這是壓力……是壓力讓我過敏！」我像找到關鍵鑰匙一樣驚駭。事實上，是我選擇讓自己產生壓力的——為了愛，我以對方需求為優先，而放棄了自己。
如同做了一個深長的夢一樣恍惚，「從來不知道，這會是壓力來源……所以我不一定是對狗毛過敏……」我喃喃。
「妳是對養狗的壓力過敏。」先生停下了切菜的動作，抬頭看我，意味深長地笑了。
我站在廚房裡，看著先生的臉，怔忡了不知多久。
是的，那是情緒性壓力誘發所導致的慢性過敏，難怪吃藥打針都無效。重秩序的我對狗有過多關愛、要求以及控制，耗費超越個人能負荷的時間去訓練與陪伴，忽略自己真正的需求而不自知。
老天，這樣也不行？

對自己無意識地施加高壓，身心失調，壓力有多大，過敏時程就有多長。這類型的過敏，唯有紓解壓力、平衡情緒，才可能復原。堅韌的意志完全發揮不了任何作用，必須想辦法讓自己輕鬆自在才行。然而，那對一個用盡力氣只求完美與優秀的女孩，是多麼艱難啊。

這一年春天，帶美濃當地小學的孩子登山歸來，因是農村第一間實驗學校首度嘗試高海拔山野教育，說沒有壓力是騙人的。下山回到家，走進浴室洗臉，身體就在那個時刻，分秒不差地，大小不一的紅色斑塊靜靜地浮腫出來，一塊、又一塊。我看著過敏的部位失笑，開始用冷水擦拭，安撫身體的過程中，我對身體恭敬低頭：那些與校方的協調溝通、登山系列課程的規畫與執行、家長同意書和身體健康保證書的簽署、山間突發的意外摔傷處置……綜合性高壓在鬆一口氣的此刻，身體安靜而緩慢地，起乩了。整整一個月才平歇。

過敏是身體的魔界展演，由不得我。

親愛的身體，妳要我對自己多誠實？多重進化與提點，只求我如實接納自身的敏感與脆弱，連抗壓都要設停損點——無上限抗壓曾是我的優勢，而今降低壓力才是真正的挑戰。

奇怪的是，我不恨我的敏感，我愛她，而始終相信敏感是一種超能力。過敏機制不過是對這種超能力的守備，讓我更清楚自身的細微精緻。若能與超能力合作，了解如何守護自己，就可能以此道覺察並守護身邊的人事。那是強大的安撫與鎮定之力，能游刃有餘在臨界內運作。

身體就是一個魔法學院，而我不孤單，有妳一同修習。

蕁麻疹：

俗稱「風疹」，是免疫系統過度反應的表現。身體會出現膨疹，紅腫、發熱且搔癢難耐。依發作時間分有急性與慢性，急性來得快去得也快，若反覆發作長達六週以上，即為慢性。依發作部位可辨識嚴重程度，通常自四肢或軀幹開始蔓延，範圍可擴散至全身，一旦蔓延至頸部或臉部，要非常小心，須留意上呼吸道水腫可能致使呼吸困難。一般來說只要避開過敏原即可，然則過敏原之多，從飲食、蚊蟲、花粉、動物唾液或其他不明原因等皆有可能，若不經檢測，要靠患者仔細觀察記錄生活習慣去發現。蕁麻疹有誘發性，特殊刺激也包含心理壓力，過度敏感的身體，會影響作息和生活品質，學會好好照護自己也是種福氣。

巫蠱

如果對妳而言，「過敏」是預知盲點的警鈴、是剛正不阿的頂頭上司，那麼「腸胃消化系統」肯定就是藏在我腹腔裡的巫，早早埋好了蠱、指畫了神祕難解的咒，總在我違背承諾、越界貪取的那一刻，糾纏發作到動彈不得。

腸胃的蠱毒不會自己長出來，多是順從了油然而起、無可自制的口舌之欲，被辛辣油炸的香氣和視覺吸引，不健康卻無可阻止的食之欲望，如妖嬈魅惑的舞孃，勾引著張嘴、迫不急待滿足味蕾——那瞬間屈從了誘惑，順著食道嚥下了刺激而難以消化的蠱，承接後果的就是過勞胃袋與糾結阻塞的腸道，不用多久，腹腔陣痛如電影《東邪西毒》裡「國師」張曼玉臂腋下那只手鼓，「咚」一響痛一抽，腹中沸滾鬧騰挾帶著胃的潰瘍和腸的鬱滯，迅速向我追討公道，消化系統一起鬨，身體便只能聽從直腸的緊張程度，直奔馬桶安坐：那一刻全世界所有事情都不重要了，解放的肛門最大！

我的身體裡過早便豢養了蠱，隨著年齡漸長，腸胃不適的症狀則更加頻繁。它們是意志無法控制的瘢疾，而長年縱容欲望、從不因為任何養生原因忌口節食的任性，確實讓我的腸胃吃足了苦頭；舉凡胃出血、胃食道逆流、脹氣、腹瀉或便祕，成了周而復始的習慣，一度以為自己「久病成良醫」，已經熟知這些蠱的咒語、禁忌與規律了，要聰明地「以物剋物、以毒攻毒」，腸胃蠕動緩慢便喝咖啡刺激它，便祕紓解之後卻止不住下痢，就再吃點紮實性熱的燥物，將身體當作試劑，寒熱中和，還不知天高地厚打趣自己像嘗百草的神農，有九死一生的試險精神。

然而身體總比我們能猜測的要更奧妙神祕，那強取豪奪不知愛惜造成的損耗，為器官細胞帶來更深長的影響，而頭腦卻毫無所覺。

有段日子我胸悶氣虛、失眠又多夢，累積到頭暈目眩甚至短期記憶力消退的程度，嚇到不得不求診中醫，以為是氣血呼吸道的問題，哪知道中醫師一把脈問診後，幽幽地指出了是胃病：「妳不能再喝酒，胃已經承受不了，這樣下去妳可能會提早失智，到時候要坐輪椅包尿布。」話一說完彷彿我已是絕症之人，當時尚未意識到老之將至，以為青春永不凋零，與海上的夥伴、船長飯後聚會，必得傾胃袋之所能，以清空酒櫃為目標地狂飲，那仰頭烈酒一口乾的氣魄，是女中豪傑的率性——我總在眾人的簇擁起鬨之下不負高潮地「踩罐」（臺語，意指一人乾一瓶），誰來邀酒都來者不拒，囫圇入肚的下場當然是偷偷抱著馬桶吐，胃袋糾結翻滾了好幾圈，只為不服輸、不掃興的逞能。

是呀，我承認自己沒有善待胃。一栽入工作裡就忘了吃飯喝水，意志力和腎上腺素囂張起來格外嚴厲，不容許飢餓感中斷介入，勒緊腰帶不聽轆轆腹鳴的提醒與抗議，硬是餓到感覺麻木血糖過低還不放過自己。共事的夥伴常為了等我吃飯陪著餓肚子，飢餓感刺激生物的本能，耐性磨至底線了見我還緊攀在電腦螢幕前不動如山，多半忍不住動怒暴走；久之他們索性「放生」我自行覓食去，另一種做法則是早早備好「戰鬥糧」，他們謔稱我是吸空氣就飽的「仙女」，工作起來六親不認，哪還顧得了五臟廟。

如今想想自己對待腸胃簡直就是沒血沒淚的負心漢、沒心沒肝壓榨至極的慣老闆，對於消化系統的躁動疼痛，以一種近乎對抗的姿態在挑戰它們；看似是我肆無忌憚地摧枯拉朽，以意志和欲望馬首是瞻，然而事實上身體卻最禁不起消化系統罷工，那些養在腸胃裡萬頭鑽動的蠱毒啊，時時可以嚙噬破肚將夢想和行動中止癱瘓，使我動彈不得。

「妳對自己的身體好功利，好現實！」我最近常想起妳直指核心，一語道破的評價，在知道我已腹脹疼痛、血便多日還不斷以工作為由遲遲不去檢驗時，蹙眉微慍地說：「怎麼可以對待工作那麼認真嚴厲，對待身體卻這樣散漫不努力？」妳正視身體的方式讓我無可閃避，相較於妳對自身健康的回應與控制、追根究底找尋病源的態度與精神，我完全就是個考零分還不想檢討考卷的小學生，對滿江紅的成績漠不關心，甚至對自己的疼痛感到麻煩不耐，發作時吞幾顆腸胃藥止痛劑就敷衍過去。

「要怎樣努力？」大概是被妳苦口婆心提醒了大半輩子，終於有了一些反省，我好奇該如何「努力」？看醫生沒效用當然就不去看，沒太多時間在醫院排隊去藥局買成藥快多了，一直以來我的鴕鳥心態來自於不曾認真思考如何正視身體的問題，也許亦基於某部分的恐懼：我擔心自己無法承受真相，如果真的是不治之症呢？我還能這樣恣意妄為過著秉燭夜遊的生活嗎？

我不禁又回憶起前幾年那趟閨蜜相聚的沖繩之旅。

彼時妳一反青春年少的偏食任性，身形瘦弱了不少，變得畏風驚寒，飲食方面則諸多禁忌講究清淡。我片刻間難以習慣過往旅途中向來惜食怕剩、扮演強壯鐵胃清盤角色的妳飲食規則驟變，一路上只得望著異國佳餚無緣興嘆，心中隱隱不耐和嘀咕，難以同理妳處處限制的節制。而今再回看當時妳為身體所付出的「努力」，其實是在向我示範如何照顧自己：無論多麻煩、多渴望、多擔心掃興，都還是要耐著性子，認真聆聽身體的需求，艱難地為自己在規矩和獎勵之間求取平衡。

原來這就是與意志拔河的努力——與其畏懼肚腹中如不定時炸彈的蠱噬疼痛，不如在一開始就牢牢守住欲望，為寧靜而節制，為青山常在不畏跋涉。

我是自己的蠱毒，也可以是自己的巫醫。

腸躁症：

腸躁症是大腸激躁症的簡稱，常見的反應是慢性且反覆的腹痛與不適，伴隨排便習慣的改變。有時不易找出其他腸道損傷問題的狀況，但卻明確影響患者生活感受，醫學界也認為這項症狀與交感神經、副交感神經、或腸道神經的失衡有關。

還我欲望正義

那是十多年前的事了，我倆在大學附近的速食店內，櫃檯前點餐，望著琳琅滿目的餐點名稱與圖片，我一如以往簡單地點了個漢堡，隨後是妳囂張又放肆地盡情加點，豪奢得簡直像是個富家女。

多年來我一直沒說，那正是我期待的片刻。飲食的欲望能藉由妳的恣意妄為盡情釋放，我會在一旁睨眼看戲，義正詞嚴：「張卉君，會吃不完！」妳理所當然地看著我：「有什麼關係，有妳在啊！」不知是信任還是任性。因為這樣的理所當然過於強大，我也就順水推舟妳的放縱，並藉此偷渡我的貪吃。

我其實貪吃，只是信奉節儉克制，誰知道碰上這樣的妳，年輕的我也就不客氣地期待妳多點些炸雞塊或是蘋果派，如此我便能光明正大地以「不浪費」為名，完整我的欲求。

總是如此，每一次，小鳥胃的妳明明阮囊羞澀，卻毫無罣礙暢所欲點，我為妳的揮霍無度嘆為觀止，吃到撐了我也挺得住。那時我們如此年輕，吃喝拉撒是那麼順暢不費力。

「好吃、好吃！」我雖偏食，只要避開不吃的，吃到開心時我會忍不住為食物鼓掌，像個孩子似的。

妳總說，煮東西給我吃，很有成就感。

比誰都單純好養，大半個青春歲月，沒留心過自身腸胃道與排泄問題，經常性的便祕我並不在乎，直到畢業後搬去花蓮鄉間生活，開始自我討食的日子。

與男友學習耕種與手作，親近土地也開始學習照顧身體，半自給自足的耕讀生活讓我深感寧靜與美好，一朵朵青綠色的萵苣從田裡鮮採回來，真的好好吃。才知道過去不喜歡吃綠色蔬菜是因為敏感腸胃讓我對清一色的化肥味皺眉，而有長年挑食的毛病，這下卻不知不覺把生菜當成了正餐，像要把長久偏食造成的影響一次性補足地大吃特吃，生冷的吃多了，開始畏寒腹瀉。

若妳站在縱欲的那一端，我代表著理想與節制，那我其實是被「健康」所迷惑。天然、自耕、環保、有機，強大的信念與理想把我逼進死胡同，走極端的我們，皆不約而同被消化不良反制——過去長年便祕我不以為意，而今我軟便連連還有痔瘡。從不知每天解便是什麼道理，到想不起來上次沒腹瀉是什麼時候。

我明智嗎？一點也不。

開始看中醫，一位女神醫僅憑把脈就說出我所有的症狀並包含人生重大事件，她開出的醫囑中有太多不能吃的東西，幾乎斷絕了所有我喜歡的食物。我討厭那位中醫，又服膺她的神威，不得不聽令，開始戰戰兢兢過日子。每到三餐時段要選擇煮食或食用那些料理時，我格外煎熬，煎熬的除了要漠視內心喜歡與渴望的食物，還要面對共食的家人朋友無措或無奈的眼。

「為什麼我不能吃？」「看，又造成了誰的麻煩！」過去吃東西單純的快樂離我遠去，在能與不能間躊躇痛苦，「為了身體好」的目標早已凌駕於所有價值之上。尤其旅行度假時，虛弱的腸胃更彰顯我的種種不濟。那趟令妳記憶猶新的閨蜜沖繩之旅，大抵在這種景況下度過。關乎我個人飲食的戒律與規則太多太難以遵行，甜點無緣、炸物再見、謝絕涼麵、水果飲品都成禁令。一趟旅程不能讓大家從心所欲，自責和焦慮成為我揮之不去的陰影。

這種自我否定的厭世感，比腸胃不適更折磨我。我該要多節制？當每個食物都需要挑三揀四保證安全才決定張嘴，人生有什麼樂趣，而當我已這麼恪守原則地謹慎進食，脹氣仍未見好轉，才明白這身體有多難纏：吃錯脹氣、吃多也脹氣、匆忙吃脹氣、不專心吃也脹氣，一邊登山帶隊還一路打嗝又放屁，真是夠了！

有一天我忽有所感：不論我吃得多「正確」都沒有用，因為每天每天，我都不曾停止餵食自己恐懼、怨懟以及憤怒。所以我不要聽話了，先讓自己心理平衡，否則我會先死於欲求不滿。

不能吃水果，我允許我吃一片蘋果；不能吃甜點，我保護我吃一塊起司蛋糕；不能吃煎魚，先吃一口觀察身體反應再說；不能喝酒，我一小口一小口啜飲，葡萄美酒夜光杯。

淺嘗即止，無限滿足。我要的，也只是這樣。

偶爾，會為一片好吃的酸種麵包幾乎流下淚來。誰說不能吃麵包呢？

也許中醫師說的都是對的，但那不適合我，我需要的不是神醫，而是一個讓我善待與接受自己的溫暖搖籃，我得自己打造。「如果妳不……妳就會……」這樣的要脅與想像於我也不適用，只要專注覺察身體感受，從中去挑選食物，並不忘照顧自己的欲求，僅僅只是這樣想，我就感到放鬆。從容遊走於「想要」與「需要」間，兩邊都照顧到，我好像才有籌碼與更多信心，能與生命中諸多困境對話。

這很難喔，要有高度的覺察才行。若為不浪費吃多了，會脹氣；若是為欲求吃多了，也脹氣。奇怪，大學那個身強體健的ㄆㄨㄣ桶到哪裡去了？妳再也無法理所當然地把吃不完的食物推向我，奇怪的是，我也不眷戀舊時的我，那時將自己鍛鍊得健壯如牛，就像幼年時欣羨的妹妹，而今發現健壯如牛也不是我要的，剛強易折。現在的我更像是一個「人」，一個有血有肉、會病會痛、如實接近身體的人。脹氣或消化不良不只與飲食相關，也與我容易緊張和習於控制的性子環環相扣，身體不會騙人，腸胃根本是我的照妖鏡。我曾鄙視妳的縱欲與叛逃，卻被自己的清高與乖巧完美反撲。若腸胃是妳的巫蠱，妳要學習作一個巫醫；那麼我只想對照妖鏡投降——而我本是妖孽，愛肉桂捲、布朗尼、紅茶與水果酒，在消化不良到來前，還我欲望正義。

功能性消化不良：

並未有消化器官質性的病變，卻常於飯後出現上腹部脹痛，或常吃點小東西就有飽脹感，時不時打嗝，導致下一餐食欲不振。常不知道自己到底怎麼了，該吃或不該吃總沒頭緒，腹瀉或便祕均為常態，且永遠吃不胖。此症狀持續長時間且反覆發作，除了不穩定的飲食習慣，也與焦慮緊繃、精神壓力相關，不易根治。

那個少女下巴掉下來

所以說嘛，「流浪要趁早」這句話真是經典。

想我們年輕時雙偕闖天下，一人一背包在大中國邊疆走了幾個月，那時候的腸胃真夠義氣，在異地雖有水土不服，依舊讓我倆肆無忌憚了那麼幾年，吃遍大江南北、火車頭蹭食到火車尾，隨心之所至「暢所欲涎」。

忘不了那幾年我倆搭著數十個小時長途火車，跨省旅行的車上時光，妳頭髮短得像男孩的「小毛賊」模樣，坐在窗前餐几，一手拿著火腿腸，一手拿著蛋黃派，苦惱猶豫要先吃哪樣好的貪饞表情。當時的我倆怎麼也想不到會有今日這般苦情光景。

對食物的欲望和執著，想起來有好多趣事可以說。

記得在北京什剎海旁青年旅店蝸居的日子吧？我倆大概是背包客棧裡最突兀奇異的存在，有別於他人將旅店當作是歇腳處，一抵達便急著出門走訪名勝，我們漫不經心隨意地晃蕩、每天睡到自然醒窩在青旅大廳看書聽音樂寫字的節奏，讓我們從旅客變成住民再演化成朋友，和青旅主人發展出了特殊的情誼。這種把異地變成棲地的能耐，大概也就是我倆的生存之道。對事物、空間、食物重複堆疊的慣性，驅使我們每早走一段長長的胡同路，越過結冰的後海，到喧鬧大街上不到一坪店面的小窗口餅店，買一個煎餅果子。同樣的口味、同樣的路線，我們不厭膩地重複提供味蕾同樣的滋味。然而拖沓的性格常使出門時間過晚，或貪看湖上滑冰百態耽擱了，有天幾乎延宕到餅店要關門了兩人才悠悠抵達，剛要張嘴點一樣的食物，那小販已把我們當做熟客，開口便說：「哎呀，妳們來晚了，賣完了！」晴天霹靂的消息讓我倆瞬間當街哀嚎，呼天搶地差點沒爬進那個窗口把小哥拖出來，看看他身後有沒有偷藏著一、兩個餅屑——「你說，最後一個餅賣給誰了？」妳巴著窗口不放，還問如此荒謬的問題，當下笑得我眼淚都飆了出來，哎呀，我們的食欲真是旺盛而堅決啊，那個當年。

異地旅行的食光總是特別難忘，在不同國家嘗著不同滋味的食物，保守或涉險都在每一個選擇裡把我們剝了個遍。相較於妳的謹慎持舊，我比較敢挑戰新鮮食物，而妳面對新的口味，就像野地裡的鹿一般警戒，嗅聞著、伸出舌頭來嘗一口，彷彿那是葉子上的一滴露水，而妳是乾淨的試紙，一瞬間的表情看出妳喜歡或不喜歡這個食物，將世界清楚地一分為二；而我的有恃無恐則偶爾會踩雷吃苦頭，又或者咬到過硬的食物，下顎關節就備受考驗。

誰曾想我這樣如花的少女竟然有下顎脫臼的怪毛病？事情發生時我自己都不敢相信。第一次「發病」是碩班時期，幾乎毫無預警在某個晚睡的夜，我洗好澡坐在化妝臺前正準備吹頭髮就寢，對著鏡子一陣睏意襲來，張嘴打了個哈欠——的那瞬間，嘴竟然就闔不上了。我瞪大眼看著鏡子裡的自己，腦袋還無法解釋怎麼一回事，傳說中的「落下頦」正活生生上演，平時順暢無礙的張口閉嘴動作，那晚竟成了不可能的任務，用盡方法都無法讓卡住的口腔閉起來，像是有根隱形的鐵竿撐著鐵捲門，怎麼使力都拉不下來。

那是我第一次在深夜到成大醫院急診，面對滿室外傷見血吊點滴的其他患者，我怪異的面部狀態讓人不禁愣住多看兩眼，我心裡吶喊著這也太荒謬了吧、卻一點都笑不出來。接著一位睡眼惺忪的牙科醫師來到診間，手伸進我的口腔裡只輕輕一個下拉動作，卡住的下巴就像馬桶蓋子一樣緩緩地自動闔上了。大半夜的驚魂歷險記讓我嚇出一身冷汗，同時也開啟日後我慣性脫臼的無奈人生：那可能稱不上是一種疾病，不到急診室卻無法解決，此後一口啃大漢堡、硬芭樂或蘋果都與我無緣，吃東西必得分層、切細了來吃。

雖然自帶優雅的背後是一個「落下頦」的搞笑真實，我謹記吃東西不要太大口才不至於出洋相，但無預警的呵欠屬自主反應，快於腦中警戒，動不動就瞬間發生。於是連一起旅行的妳也參與過我下巴脫臼的緊急救援行動，災難的是：事發地點還是前往蒙古首都的長途客運上，離目的地還有兩小時的漫長車程，我倆一前一後坐著，旁邊是旅途中剛認識的朋友，大夥兒一邊閒聊一邊昏昏欲睡，在蜿蜒的山路上顛簸前行。就當車廂裡一片寂靜，時間隨著車輪遞進時，猛然一個呵欠張口，連一顆小石子抖落的震度都沒有，我的下巴再次卡住了。冷汗直流，臉頰下顎肌肉緊繃得發痛，我心想這荒郊野嶺的半途還真是沒人可以救我，轉過身向後座的妳比了比合不攏的嘴，妳瞬間的反應比我還激烈：「什麼？卡住了嗎？」原本還半闔著眼的妳啟動警報模式，眼睛瞪得牛鈴一樣大，馬上起身直衝到前方的駕駛座：「大哥，請問還有多久會到？我朋友……那個少女，下巴掉下來了，你可以開快一點嗎？她要去醫院！」當下我真是羞愧到無地自容，整車的氣氛也因此擾動起來，全注視著我那闔不上的下巴！

當然，司機先生沒辦法改開飛機，路途也沒有因此而變短，但接下來兩小時妳就像坐在救護車內陪同的家屬一樣，小心翼翼地關注我的口水有沒有滴下來，焦急得如熱鍋上的螞蟻，擔心我的肌肉拉傷，不斷要我放輕鬆……一抵達目的地下了客運，妳立刻大手筆地招計程車，我倆揹著大包直奔在地的醫院，還真的找了位「蒙古大夫」，不負眾望地伸手兩下就把我的下巴給拉回來，瞬間解除了我們在旅途中遭遇的最大危機。

「今晚，我們找一個好點的旅店吧。」一向克勤節儉、睡背包客棧床位、以步行取代計程車的妳，是個貼心溫柔的好旅伴。為了照顧「生病」的朋友，也撫慰我倆驚慌的心情，那晚我們住進了帶有衛浴設備的「標間」。我望著那柔軟的彈簧床、蓬鬆的棉被枕頭，以及帶著電視機的華麗裝潢，實際上早已沒事的下巴又差點掉了下來。

想當年，妳就是以一種英雄氣概扛壩子的氣魄，在旅途中照顧著我這個「少女」的呀。

顳顎關節症候群：

顳顎關節炎又稱「顳顎關節症候群」，泛指顳顎關節及顏面部咀嚼肌發生疼痛和功能異常的症狀。當你張口閉口時關節發出聲響、張口或閉口有困難、張口時下巴歪斜脫臼、咀嚼時有疼痛感、肩頸或臉側疼痛等症狀出現時，都可以特別關照一下顳顎關節，在打呵欠、嚼硬物、或笑得嘴巴張太開的時候，注意不要「落下頦」顳顎關節脫臼了。

什麼？你再說一次

真夠能玩的我們！揹著大背包，大江南北不讓鬚眉地走闖江湖，只可惜那英雄氣概扛壩子的氣魄，救得了少女如妳，卻救不了自己。

有時想想，母親明明生了一個好端端的身體給我，卻被自己的豪情傻氣玩到壞，不是不想回頭，怎麼回頭？舉著青春烈焰的火把，就算身體出現故障，也阻撓不了年輕的追尋。

大一那年元宵節，甫加入登山社的我，隨著學長的登高一呼，一大票人騎車夜飆到鹽水小鎮，參與這臺灣獨有的國際級民俗活動：鹽水蜂炮。

哇，一起去被蜂炮炸欸，聽起來就超熱血！

想像著這群人混在人山人海中摀著耳朵竄走，時不時有蜂炮飛射過身邊，多刺激啊，要全副武裝才行！我們可是登山社的，兵來將擋、水來土掩，天不怕地不怕，就怕人生無趣。

騎了足足有一小時的車，直到一戶民房騎樓下，周遭盡是滿滿的機車，開始整裝，穿戴衣物，將身體包得密不通風，為了蜂炮不長眼睛，裡頭可是槍林彈雨。

我穿了好多件衣服，毫不在乎外套可能被炸破。發現沒帶圍巾，沒事有毛巾擋著，一條毛巾綁上脖子，再戴上厚手套和全罩安全帽……這樣好了嗎？嘴一呵，白花花的熱氣撲上了安全帽的鏡片，再怎麼熱也得忍著！畢竟皮膚是肉做的，全身上下不能露出一丁點破綻，才能上戰場。

出發前我們拍了全副武裝的大合照，一群人包裹如肉粽臃腫地擠在一起，對著鏡頭比「耶」，這熱血青春一刻。人生第一次參與鹽水蜂炮的年度盛事，好不興奮，仗著人多勢眾，愈擠愈前面，隨之蜂炮愈來愈多、愈來愈密集，因為更接近砲臺的中心，原本密不通風的人潮開始減退，我們進入高風險區。因裹了一層厚重的衣裝，蜂炮射到自己的身上沒有太多感覺，我想著自己是無所畏懼的戰士，就是要接近砲臺才勇猛。此時距砲臺大概僅存五、六米吧，說時遲那時快，一個橫飛的蜂炮朝我射來，正中脖子，我來不及反應，蜂炮已搶得頸上毛巾和安全帽之間的縫隙，一溜煙竄入，就在全罩安全帽裡、在我的右耳際，嗚響炸裂……

震耳欲聾，我的右半邊臉瞬間麻痺，失去知覺。好強的我，當下竟不知如何反應，只是呆愣，雙腳不願再前進，不由自主後退，一邊後退、一邊伸手進安全帽裡探摸，再伸出手，只見手套上全是血。

才知道自己錯了。

不知何時同伴們也朝這頭靠了過來，由於剛剛距砲臺實在太近，不只有我一人受傷，一群人扶著彼此退場，負著傷歪歪倒倒在夜風裡又騎了一小時的機車，趕赴學校附近的醫院。

凌晨時分，一群傷兵敗將走進醫院急診室，十二人有八人受傷，多是燒燙外傷，一次來了這麼多傷患，急診室忙了起來，記得醫師與護理師無奈的眼，不可置信於這群高等院校大學生怎會如此任性盲目？我的右耳傷勢嚴重，耳膜已破，先求外傷止血包紮，其餘待之後再回診處理。

那張狂的氣勢呢？我們只剩頹喪的肩膀，走出醫院後默默四散，我摀著麻木的耳朵走進寢間，凌晨三點，室友正為失戀垂淚，見我滿臉乾涸的血跡，震驚得說不出話來。

妳說流浪要趁早，我說冒險要三思。

不敢讓母親知曉，免不了又是一頓罵，讓她操心傷神。我自行照料傷口，沒有回家，也沒有回診，不想面對這錯誤，直到外傷復原，看不出有受傷過，便假裝沒發生過這回事。照常上課、照常生活。

但我無法一直假裝下去，特別在講手機時——我只能用左耳聆聽話機，因為右耳聽不到。當初急診時醫師曾交代可能傷及耳神經，花了一段時間讓自己接受，才乖乖回診檢查並做聽力測驗。醫生說，破掉的耳膜需動手術將它補起來才好，問我什麼時候要手術？

手術？我才不想要手術。

那時與我一同衝鋒陷陣受傷的夥伴泰半已痊癒，該補耳膜的也都補完了，只剩我還兀自推拖，鴕鳥似地把頭埋進沙裡，直到計畫暑假出國，發現失衡的雙耳（一耳耳膜破裂）無法乘坐飛機，不得已只好告知家人要動手術，母親大驚失色，怎麼突然要動手術？發生了什麼事？

而今想想，我自欺欺人的工夫真是一流，這樣在佯裝不知情的冒險歲月中，失去了真正的健康：誠實。

耳膜是終於補好了，手術後卻餘留後遺症：從此右耳擁有二十四小時不間斷的高分貝耳鳴，並且確認只剩下一半的聽力。

與妳先天不可控的「落下頦」不同，「耳背」是我自己後天一手打造。每當我聽不清楚低喊：「什麼？你再說一次。」妳都會在一旁笑咪咪地補充：「劉崇鳳她耳背啦！要大聲一點。」大學住同一幢洋房，二樓的妳總是毫不客氣地發揮獅吼功，站在樓梯口朝一樓的方向咆嘯：「劉崇鳳，有沒有聽到？」中氣十足、聲如洪鐘，每每聞之，總不覺莞薾。

喜歡妳如鄉下婦女般的大嗓門，感覺溫暖，也許也是，對無可挽回的聽力深沉的失落。我的懊惱，來得很晚。

這麼多年過去，我已學會與形影不離的耳鳴共處，也學會在並排與人談話時，找到自己方便的一側聽話。

與我親暱的夥伴們，會自顧自講到一半突然發現我沒有反應，輕拍我的頭笑道：「都忘了妳聽不到。」我的右邊，失去了世界一半的聲響，於是不厭倦練習轉身，對人們宣示：換邊談話。

我曾非常喜歡一個遊戲，那是在野外帶自然引導時常玩的：一個人矇眼當鬼坐在正中央，鬼的腳邊有許多寶物，其他人必須接近鬼去偷寶物。當一群人開始朝鬼默聲移動之時，鬼要非常仔細聆聽周遭的動靜，只要耳朵夠機警靈敏，一定能抓到正在移動的人，哪怕只是草地上的一小步。但聽力不平衡的雙耳，讓我從此與「聽聲辨位」的能力說再見，如同每當鈴響，我總遍尋不著手機的位置。於是只要玩這個遊戲，我永遠只有偷寶物的命運，天知道我多想當鬼，多想要一雙靈敏精確的耳朵帶來的成就感啊。

「什麼？你再說一次。」

不厭其煩於這句話的複誦，我必須。

曾為了流浪長出三頭六臂，也為了冒險不慎變成殘障。那也沒什麼好說的了，這一生，請繼續對我咆嘯吧，我就是耳背。

聽力損失（聽損）：

由於耳朵因意外（本文為參與蜂炮活動）受傷，外傷部分可隨時間慢慢復原，耳蝸內膜破裂可開刀重新補起來，但因延誤手術時間，加上術後不幸耳鳴加劇，且未曾停止而導致終生後遺症。聽力損失成為無法挽回的傷害，需定期做聽力檢查，自主掌握其聽力程度。因屬聽神經的病變，無法用手術或藥物治療，可藉由助聽器或人工電子耳來改善。

張大膽沒有膽

如果與生俱有卻終將不可逆的失去，向歲月換取一段記憶的碎片來拼貼，是否就能多一點寬容，不那麼懊惱青春的愚勇？

人至中年始懂得何謂「初生之犢不畏虎」，大學確是青春正盛的美麗時光，身體如同正在抽長的新芽汲取日月精華，無論是學習上的求知若渴，抑或任何超越過往經驗邊界的探險，我們都迫不及待躍躍欲試，彷彿漲潮的浪，一波比一波更洶湧熱烈。

雖然每回想起來都恍如隔世，我卻慶幸曾如此燦爛奔放地活過、出走、流浪、探險、挑戰身心最高限度的彈性與最低底線的容忍，而今我們依舊能活著感嘆失去，其實是感謝所有際遇對任性的寬容，多麼幸運。「還好妳……不然……」這個句型我不知道聽了多少遍，每在向通醫理、知輕重的朋友敘說我們不知天高地厚的走闖故事之後，總有這樣捏把冷汗的結論：迄今最靠近生死大關的一次，約莫是我的膽結石了。

那年在中國雲南住遊，為了追尋一段理想中的情感生活，輕裝打點了幾袋行李、帶著三個月一簽的旅遊簽證隻身前往大理古城「依親」，一住便是半年的時光。滇界飲食酸辣葷素不拘，香草藥材入菜滋味糅雜，什麼水煮魚、大救駕（騰衝炒餌塊）、辣子雞、涼粉、乳扇、蕈菇、米線，全是勾魂攝魄、色香味兼具的日常美食，彼時我遲鈍的味覺在滇味料理調教之下，一路火力全開，嗜辣程度爆表，雖然腸胃不適的毛病時時告誡底線，但舌尖賴皮起來大腦完全不受控制，只當肚疼腹瀉是排毒清胃，也沒有多去在意。

直到某夜睡到一半突然腹痛如絞，那疼痛有點陌生，是過去不曾綿延至深的部位，趕忙吞了幾顆胃藥、整腸丸都不見效，疼到痙攣蜷曲成一隻蹦跳的蝦子，穿透性的痛感自肚腹刺過脊椎，連躺平都辦不到。當時身強體健的中國男友J無法理解病弱疾纏、一天到晚哼唉喊疼的寶島少女，不知所措地安慰著要我繼續睡下，但內裡彷彿一根鋼弦纏繞利索不斷拉扯撕割的痛感，早已讓孤立無援的我無法再忍耐下去，咬著牙掙扎起身便朝他大吼：「我要去掛急診！」見我疼到直不起身歪腰披衣，步履蹣跚打開院子大門，扶著牆就朝古城另一側的軍醫院走，J只得快步跟上，嘴裡還嘟囔著，「這……至於嗎？」

還好我去了。

夜半三更的古城外軍醫院空無一人、清冷森寂，只有一名值班的護士和醫生象徵性地看守。後來我才知道在中國大陸不比臺灣的全民健保制度，在中國生病、治療的費用是很高的，一般民眾若是小病小痛都在藥房買成藥吃了，除非真的是重大疾病或傷殘意外才會去急診。所以J的猶豫並非沒有原因，他不相信醫院和醫生，在他眼裡那全是等著肥羊上門痛宰的屠戶。

幸運的是當值醫師對我的疼痛沒有馬虎，簡單問診、觸診之後，他判斷是膽囊有結石造成的急性發炎：「妳這得及早開刀，膽結石塞住膽管所以妳會這麼疼，若持續發炎膽囊破裂的話，那就是腹膜炎了，整個腹腔臟器都得掏出來洗，到時候危及性命，妳考慮一下。」聽到這麼可怕的診斷結果，我沒有當場接受醫生的建議，因為衡量了一下腹膜炎的後果和在中國開刀動手術的風險，我比較害怕後者：「過幾天就要回臺灣了，還是先打止痛消炎針吧！」我向醫生撒謊搪塞著，心裡賭上膽囊的承受力，尋思只要接下來調整飲食，戒辛辣油物入腸道，應該可以維持一段時間的歲月靜好；誰知半個月後即便飯菜清淡，還是又復發了一次，我再度上門打針拿藥，不理會醫師的警告叮囑。

就這樣又拖了個把月。計畫原是長住一年，不甘心因為身體而中斷旅程提前回國；直至在花蓮居家生產的好友將屆臨盆，傳訊催促陪產員身兼小孩乾媽的我盡快返臺，這才收拾著行李回家；臨行前不免一番採購，雲南名菜料包、香草辣油道地雜貨，準備在大夥兒接風洗塵的餐會上大顯身手。果不其然，回臺灣直奔花蓮等候陪產那幾天，自己吃了一頓水煮魚後膽囊立刻疼痛難當，還好借宿主人便是急診室醫師，連夜飛車送我進急診室接受各種腹腔檢查。當超音波照出膽囊狀態時，醫師看著放射片直搖頭：「妳的膽囊沒有爆開真是命大！它反覆發作已經從急性膽囊炎變成慢性膽囊炎，囊袋組織都出現纖維化了，這一定要趕快開刀摘除，不然腹膜炎的話就是躺一個月清洗腹腔，也不用開刀了。」雲南醫師沒有騙人，他們給了一樣的診斷——我心裡閃現第一個念頭。

沒有商量餘地——人稱藝高膽大的「張大膽」本人，印證自己只是愚勇無知才不言怕的莽婦，註定要失去膽囊。雖是醫學進步的腹腔鏡手術，但全身麻醉加上臟器沾黏仍讓手術有一定程度的風險，簽下手術同意書時我沒有遲疑，只當是為自己的選擇承擔，唯叮嚀著媽媽要醫師留下我的膽結石，想見見身體裡那幾顆折騰我的東西究竟長得如何。

記憶在推進手術房後停格了，麻醉針和氧氣罩上身之前，我還在跟醫生護士講笑話壯膽——對，壯一下那個馬上要失去的膽。醒覺時朦朧睜眼，面前是爸媽焦急又心疼的臉：「妳膽囊裡有五顆小石頭！每個都有指頭大，難怪妳會這麼痛！」麻藥退去後感知內裡臟器位移重新排列，外傷僅有三個小洞，癒合情況良好，兩日餘已經可以正常坐起隨意飲食，當然少不了媽媽隨侍在側的陪病照料，和爸爸家裡醫院兩處奔波三餐調煮的鱸魚湯。

我端詳著手上那罐貼著名字和病歷號碼、裝了五顆膽結石的透明罐子，彷佛在與自己的欲望面面相覷：膽結石凹凸有致的球狀結晶乍看像不知名的外星生物，更像是一顆顆墨綠色的金平糖——噢，那入口甜蜜卻轉眼即化的空虛滋味，原來就是青春啊！

膽結石：

膽結石是膽囊裡面出現淤積的結晶體，成因複雜，普遍存在每個人身體之中，若膽結石沒有阻塞到膽囊分泌膽汁的通道時，基本上是沒有症狀的；但只要一擠壓到，就會伴隨著劇烈的腹絞痛。疼痛的位置不僅在腹部右側，也會蔓延到右肩或是右後背，容易被誤判為胃部疾病，嚴重時會併發急性膽囊炎，一旦膽囊因膽結石堵塞而破裂，則可能出現腹膜炎的腹腔感染風險。

劉老牛不是牛

故事的結局是這樣的：張大膽失去膽，劉老牛至終也和牛一般的背膀說再見。任性、狂妄、荒唐、以及糊塗都好，妳頌揚年少，我笑看衰老。而今才能在這裡振筆疾書，那無可挽回也不會想重新再來一次的，青春。

為了遠走高飛，我可是拚了命地訓練自己變強壯。但身材嬌小的女孩要怎麼變強壯？就用「想像」的方式讓自己強壯起來，後來也真有那麼一回事似地，妳戲稱我「老牛」，無非對應了我牛一般執拗的脾氣，說要去哪就去哪，今天上山明天走溪，風一般也似來去。大學時代，我無意識莫名將「女俠」的形象成功塑造，妳告訴我，背地裡，中文系同學偷偷喊我「登山扛霸子」，我失笑了，只一心一意向高處攀爬，浪漫詩意的中文系卻賦予我野地風情第一把交椅。

老牛老牛，其背硬如牛，駝了個大背包不抬頭。

二十年前，生平第一次走長天數的高山縱走隊伍，大背包打包好站穩穩，它的高度與我齊腰，忘了初次揹起二十公斤的感覺是什麼，聰明如我直接把「體感」切斷，因為無論如何我都必須走，想方設法將大背包與自己合為一體，我不問感覺，反正「一定要」，想像有個縱橫山林的未來，體內自動生養出一個嚴厲的教官，為了獨立，我很認命，一路上會不停灌輸自己迷湯：我可以、我可以、我可以……

那些重量，是這樣揹起來的。

我的父母親害怕風險，強烈反對女兒爬山，失去家庭的支持，我什麼都自己來。剛毅的神情也許是這樣的背景下長出來的，沒有人教我如何使用身體，照顧自己是什麼意思？我懂得，卻無法真心領會。

只要不失去生命，我應該都可以，我可以。

也許背負的不只是山間的個人裝備、公裝公糧，還有年輕時對某些夢想無止盡的追尋探問。那些理想幻想很沉，從來無法秤重。好在朝氣蓬勃的大學生能在重重山嶺與溪壑間跑跳……身體能承受的有多少呢？喔，當然是愈多愈好啊！

登山社瀰漫著一股體能至上的追求，若不是有學長姊撐腰與疼寵，作學妹的我還真不會示弱耍廢。然而那也不是身體不行，而是順應常理——通常會是體格強健的壯丁先出馬，輪不到矮個子的我去揹去扛。只恨自己不夠人高馬大，二十歲的年紀，不在乎體感，若該我上場，之於身體，當用則用，咬牙苦撐，藉此練得一身好武藝。

三十歲，出了社會，學長姊四散，既沒了靠山，還作山野教育的嚮導，嗯哼，負重是嗎？帶隊主嚮導理應揹得比隊員多，照顧他者的母性一旦爆發，我會完全忘卻自己。忘記自己是小個子、忘記自己先天體弱、忘記自己正在生理期。體內那位教官說，該當忘記，不然沒辦法走下去。

這所向披靡、無與倫比的「想像」魔法，在三十五歲遇到瓶頸。

那一年，發動「山女」組隊上南湖大山，十二個女人的隊伍，沒有壯丁，為了探索山林裡的女性力量與面容，主帶領者成了一家之主，挑起的重量，無形比有形的更多，下意識地成了隊伍裡的剛強，剛強易折，我已盡了我最大的氣力去支撐去守護，下山後的身體狀況卻明顯亮起紅燈：經期不報到、冷熱失調、腰酸背痛、而且蹲不久……

身體是我吃飯的傢伙，這傢伙怎麼可以失常？開始戒慎恐懼地觀察自己，小心翼翼繼續負重上山，卸下大背包，鑽進天幕一刻，因腰痠到無法伸直，竟唯恐不能躺平。驚覺難以躺平的一刻，我瞪直了雙眼，儘管滿天都是星斗，心卻在顫抖，我的身體，怎麼了呢？

「妳脊椎側彎嚴重，已經影響到婦科，不要再爬山了。」診間裡，醫師說明脊椎側彎會造成腹腔內臟的壓力不均，壓迫到神經不僅令感覺失衡，還可能影響子宮而造成經期失調……但我什麼都沒聽到，只聽到「不要再爬山了」。

「不要再爬山了」、「不要再爬山了」、「不要再爬山了」，聲聲迴盪在腦海中，噹噹噹噹像喪鐘一樣，眼前醫師嚴峻的面孔開始模糊，世界末日要來了嗎？以後不能再爬山了？

不太關注體感的我，卻看見內裡有嗚咽的浪，努力忍抑著即將潰堤的情緒，不能再爬山的指令幾乎像是死亡宣判，若不是這樣經驗，我不知道這句話的威脅比生命中所有走過的危險地形更甚。

覺察到我的失魂，醫師改口：「妳可以爬山，爬自己高興就好，不要再帶人爬山了。」他說，我不會照顧自己。他說對了，但我不想承認。

老牛不能再牛下去了，牛一般的意志力這麼危險，想像著強韌，卻墜落無底深淵。

走出診間，世界依舊運轉，我安慰自己一百遍：這是醫囑，不是診斷。努力保持神智清明，判斷什麼該警惕、什麼要調整，我的脊椎已為我物盡其用的意志付出了代價，那麼，以後還爬山嗎？

生命是在重重失誤中一再校準，我倉皇失措地對焦，發現原來那麼愛野地裡的學習，若樹影天光和夥伴情義是活著的證明，我有責任看見多年來身體沉默的承擔。我是怎麼對待我自己的呢？

「體感」，我想找回妳，妳會願意回來嗎？

失落與低潮中擺盪，我去推拿、去整脊、做婦產科檢查，更多是日常生活中的自我關照。是了，我揹不起那些重量，無法作一個稱職的嚮導，低迷沮喪之時，夥伴轉頭：「沒關係啊，我們在。」不一會兒公裝公糧全部消失，沒有我的份——失去正常的脊椎，我看見更多看不見的力量。好夥伴給了一條頭帶，此後，無論我的大背包有多「輕」，都如原住民協作般使用頭帶協助負重，改變行走習慣，迫使身體打直，終學會對自己低頭。

年輕時的糊塗才不是真糊塗好嗎？老牛不是牛，看開一點，難得糊塗，最難是接住自己「不再」。

脊椎側彎：

脊椎是人體中軸主幹，分為頸椎、胸椎、腰椎、薦椎及尾椎，人站立時應呈現筆直的一條線，若有旋轉或變形，影響體態如高低肩或骨盆歪斜等，就是脊椎側彎。脊椎側彎分有結構性脊椎側彎和功能性脊椎側彎，本文為功能性脊椎側彎。造成功能性脊椎側彎的原因很多，因運動長期施力不均、姿勢不良導致身體兩側不平衡所致（如本文崇鳳有負重的登山習慣）。側彎角度若小於二十五度，容易腰酸背痛，可做核心穩定訓練或矯正運動治療；若介於二十五度與四十五度之間，會建議穿上矯正背架；若側彎超過四十五度，就需要手術治療以防未來壓迫到心臟、神經，或影響呼吸功能了。

不要說再見

不知不覺行到中年，才開始放慢步履、調節呼吸，試著讓世界更深一點地探進來，在身體裡保留片刻，然後緩慢悠長地讓它離開。

面對「沒有膽」、直視「不再牛」的慨嘆與遺憾，甚至是放下一段曾以為堅不可摧、生生世世的關係，都是說再見的練習。練習讓自己的心有個出口，練習讓自己在過於熱烈的盼望之下，漸漸無動於衷。

進入與離開都是必然，我慢慢將身體與心靈都騰出空間，雕鑿自己成為一個開放的容器，保留入口與出口的通暢，允許來去的事物都只是經過我，而不一定成為我。

沉澱青春時所有志在必得的滿滿信心，如陽光下一瓶異質閃爍的溶液，那懸浮張揚流轉映照出絢光，「自帶氣場」的飽滿張力曾為我帶來許多注目與愛慕，深信只要努力，沒有什麼做不到的吧？工作如此、關係如此，身體也是如此——因此我總是全力以赴，陶醉在「心流」狀態中感到忘我；偶爾也備受折傷鎩羽而歸，被現實的潰擊砲轟成一灘爛泥。

只因貫徹的相信如此強烈，無有退路一往直前，所以也沒給自己或他人保留空間：有所遲疑表示不夠堅定、有所顧慮等於不夠專注、沒有實現承諾就是失信背義。曾經我的內在世界就像一座固在海上的定置漁網，保有強大的開放性，容納隨著海流、浪湧帶進來的魚群，在外圍的運動場裡相遇、嬉戲、迴轉，但終能穿越一道道網袋向我內在直直走入的，便留在最後了，我的心沒有出口，願以一生承諾不變，與留在我生命裡的人們齊度歲月荏苒，共看青山白頭。

我畏於說再見，迴避離別。愈是在乎的愈沒法好好放開手，寧願意識到分離前兆就先斷然轉身消失，彷彿所有痛苦都不會感染到我，所有糾纏捆繞的情思無須費時梳理，一把火瞬間點燃毀盡，只將我想要的封存起來，其餘不再多談。我想以一種不在乎的、決絕的姿態來捍衛外顯的強壯，彷彿我身懷盾甲不會受到傷害。

尤其在各種關係的分離時特別明顯。有人說我性格極端、愛恨分明，有人又懼又愛地靠近，然後一頭霧水被迫離開。有人解讀我淡薄無情，亦有苛薄者咒我孤老餘生。各種情緒的照見當然不只是單向，生命裡那麼多生離也偶有死別，我面對「再見」的失措無法追溯到童年，卻在現下與心喜的孩子們相處時，照見了相似的自己，那害怕受傷又深情款款的靈魂。

妳知道我一向親近老人與小孩，也許是因為他們位在生命光譜的起頭與盡頭，恰恰都呈現出了某種相似的情感真實。一端是尚未進入社會化的孩子，一端則是已經退出社會化需求的老人，他們不加修飾的真情無論是喜歡或討厭都這麼落落分明，對我而言反而是相對簡單的相處。有一回我和朋友的孩子玩得正開心投入，卻臨時得要分身離開；孩子得知必須在短時間內和我道別後，立刻沉下了臉，迴避剛剛的熱烈，對我不理不應，過去建立的默契和親密蕩然無存，彷彿陌生人。我訥訥地面對孩子的情緒突變不知如何是好，孩子媽媽在稍稍安撫他之後過來緩頰：「他太喜歡妳了，還沒有辦法消化妳要離開的訊息，所以才會這樣，我的孩子有『分離焦慮』的狀況。」

分離焦慮。

那是我第一次聽到這個心理學名詞，在了解孩子狀態的同時，也彷彿安放了自己長期以來因為害怕告別被加諸「任性」、「不懂事」、「怯懦」，這些如影隨形的訓誡與自責，突然覺得這個詞好溫柔啊，它真實地表達了面對分離時情感的狀態，「焦慮感」是一個陳述句，而不是否定句，甚至背後帶著一種願意去理解的寬容，以及可去探討、凝視的必要性。

而後依著「焦慮」的線索，慢慢向深處探尋自己對告別的害怕和恐懼，可能來自於童年成長過程中，對於至親之人依賴感的失落經驗，衍伸到後面各種情感對應而生的層層關係，彷彿標記著創傷的動物，在心理學領域中成為歸類與研究的對象。於是我啟蒙般啃讀著探討「依附關係」的大眾心理叢書，渴望知道隱藏在心中的疾患因何而來，該從何而去？能有治癒的可能嗎？我如何與自己的內在小孩和好，如何與過去無法重來的生命對話？

彷彿野外受傷的動物在曠野中尋覓治療的草方、舔拭石縫中的脈礦，孤獨卻不放棄周旋於世界，尋找自癒的解方。這些後來對自我的觀察和理解，在生命大量獨處、滯洪、留白的時間裡，慢慢澄澈磊落了起來。那些急欲尋找的困惑和解答無法光以邏輯和研究來理解，反而是必須將自我抽離關係、位移到情感之外，保有距離去細細觀察，像抽身離開一盤廝殺糾纏看不清勝負的棋局，成為一個旁觀者，讓那些早已知曉的論理重新回來醍醐灌頂，讓滯澀阻塞密度過高的情感水渠再度疏通，需要柔軟流動的水、乾淨不帶體積的介質，如同河流、時間、空氣。我因而讀懂了《金剛經》裡的捨得。

原來說再見，是為了有朝一日再見之時，能不忘這份祝福。好好道別則是基於對每個當下的珍惜，我們敬畏時間的未知，也得放過曾經執著的自己，專注面對此時此刻所有感知，如懸枝葉脈尖端的那顆露珠，看進心裡，便遇見了永恆。

於是開始懂得在深刻的關係裡留白。

也許不再期待他人的承諾，是因為對自己的存在更有把握了。學習鬆綁那些緊縛著、倚賴著、深信的關係網袋，自由流動，只欣賞每一刻交會的生命樣態，不因他人的期待形塑自己的樣子，也不再為了留住關係而曲折自己，自然也就留下了舒展的空間，有能力面對告別，好好祝福。

分離焦慮：

在精神醫學的診斷系統中，分離焦慮症的主要特徵是在幼年或青少年時期，與原生家庭或依附對象（例如父母親）分離時，產生過度焦慮的情緒反應。研究認為與心理及環境因素、對他人行為模式的學習、遺傳及先天性格等因素有關，常見反應可能表現出對於與親近之人分離產生痛苦的情緒，或擔心失去的心理狀態。若長期缺乏安全感，長大後亦容易有「成人分離焦慮」。

一定會再見

那是二十歲的年紀，我們並肩同行東海岸，邂逅了一間極喜愛的咖啡館，那幾年，我總拉著妳一去再去、三去四去，只要咖啡館闆娘還在，經過時我一定要停下來，未曾設定有結束的一刻。

隨著與那地方交疊的故事愈來愈多，妳愈來愈不擅長面對與闆娘告別的一刻。一次妳憂心忡忡轉身問：「妳都不害怕離別嗎？」我不明所以。

之於再見，我沒有負擔。對我而言，把握當下最重要，只要再造重逢就好了。

始終記得妳蹙眉難言的神情，說一聲再見於妳而言有如千斤重，於我卻如家常，始終相信還會有再見之時，想像揮一揮衣袖，不帶走一片雲彩般瀟灑。

若有一天真不能再相見，因已經把握了每一次相聚的機會，那也就沒什麼好遺憾的了。

多年後才發現，那樣的瀟灑，事實上，是敏感如我，為自己訓練演化而來的。

愈重要、愈深刻的關係，就要愈瀟灑，最好跳脫出關係之外俯視全局，時時提點自己不可迷醉、不要過於投入，雲淡風輕最舒服。

二十歲如我便懂得明哲保身，安頓自己已非易事，何必還牽扯那麼多關係？連談戀愛也嫌麻煩，那個夜裡我對追求者表明我喜歡他，但不想交往。相對於妳奮不顧身放自己去穿越多種精彩豐富的戀情，我對異性的明智和淡漠顯得疏離又高傲——我不輕易用情，那只會徒添受傷的可能性。

愛情如此，友情亦然。大學畢業典禮前一夜，在部落格上寫了篇落落長的文章，說朋友不過就像代數方程式，X、Y或Z皆可以取代彼此，而不影響演算結果。階段性任務結束後我們就互道珍重，反正下一個階段會到來，將有其他代數來取代。

好友知道後大吃一驚，對我喊道：「妳怎麼會這樣想？」我一樣不明所以，怎麼著？這樣想有什麼問題嗎？唯有如此，我才能確保自己安全——感情不能當真，不然很痛。我得預防造化弄人。

於是就算我再怎麼喜歡哪個朋友，意識上我都會訓練自己對這樣的關係保持距離，遠觀即可。因為再精彩的好戲，都會有落幕的一刻。至少在畢業時，我這樣告誡自己，免得離散後顯得患得患失，超前部署都是為無情命運作準備。

年少之時，我便如此節制，從不仰賴誰支撐自己，極其自律且堅毅，有時不近人情。只是命運並未如我所料那般搬演，好奇怪，比如就妳我的同學關係而言，竟這樣一直延續到了今天，怎麼沒散場呢？什麼時候才會散？十八年後，我慢慢鬆手了對這結局的堅持，不再嚴陣以待，而懂得關係需要經營，於是忽然能欣賞妳當年拼命三郎式地緊抓著不放的執拗，也許癡傻也許可笑，一往情深卻無庸置疑。一個轉身，就這麼看見少年為此不輕言愛，斷然切開與滾滾紅塵的連結。

在心理學依附關係的理論中，我傾向於「逃避型依附」。相對於妳無可控制的分離焦慮，面對離別我必得優雅淡然且自力更生，沒什麼威脅得了我，人間是一場又一場幕啟又幕落，可以認真，但別當真，浮生若夢，為歡幾何。

內心深處，也許渴盼，有誰可以前來撕掉我一派瀟灑的面具，摧毀我武斷過分的程式化劇本。也確實有那一天到來，使得遇見了情感道途中的大魔王，因分不清到底是童年不滿足的匱乏亦或是成年自我理想的投射，錯以為對方是自己的解藥，自行編織出完整的幻影，打在夢之牆上為彼此催眠，發展出濃烈的情感，以為那就是前世今生，轟轟烈烈地愛過傷過也痛過，方驚覺，破碎與幻滅原來是這麼一回事——成長才要開始。

過去根本沒想接觸的心理學書籍，開始莫名一讀就通，關於榮格（Carl Jung）的陰影論、佛洛伊德（Sigmund Freud）的戀母情結、阿德勒（Alfred Adler）的自卑與優越、海寧格（Bert Hellinger）的家族排列，我如生了癮頭似地手不釋卷，艱深的文句突然間和藹可親起來，字字翻轉著命運的珠璣，終於意識到一個天大的祕密：我並不如我所以為的那樣認識自己。早期的閃躲與迴避原來是慣用伎倆，我不是不想愛，只是誰都害怕受傷，所以為自己量身打造一個不滅的逃跑傳說，被追到天荒地老，直到有天哪兒也躲不了，飲下情藥以後，就天崩地裂。

一回頭，發現所愛不過也是一場幻象。

幾乎毀了自己，以為要死了，才遇見蛻變。如羽化後的蛹，瀕死的疼痛竟是為了重生，那麼最後有生出翅膀嗎？浴火有變成鳳凰嗎？

「一切有為法，如夢幻泡影，如露亦如電，應作如是觀。」《金剛經》中的句子，在遛狗散步的清晨，甜根子草隨風搖擺的河堤邊，我緩緩背誦，細嚼慢嚥其中的奧義——明知是夢幻泡影，露水與閃電都在一瞬間，為何當下仍如此迷戀？我還有多少參不透的自己？要自欺欺人到什麼時候？

得了吧，不過是假裝看得很開而已，事實上我比誰都渴望入戲、渴望繼續，否則當年不會一再回返於那間我們所鍾愛的咖啡館，探看闆娘。妳習慣將美好相遇封存在一次性的句點中，我則無畏將美好相遇改寫成章回小說，不厭倦於重返，不停揮揮衣袖，笑看關係深化或衰老，直到咖啡館關門畫下休止符。

那麼，我所深愛的人們還能是代數嗎？不能是了。那是否也意味著，我同意自己也不再是他者生命中的代數？我無可取代，如同對方在我生命中的獨一無二。承認關係中的情深義重，坦然面對受傷的可能，若我足夠勇敢和強壯，受傷也沒有關係。如此直面自己的脆弱，比過去任何時刻都要更危險，但怎麼說呢？能夠看清自己為自己打造的謊言，戳破它，我很感激。

我已非過去的我，而我也還是我。那憨膽還是在的，繼續開創各種關係的再見，且待下一回合，直到故事終結。

逃避型依附：

為心理學依附理論中，不安全依附關係的其中一種（另有焦慮型依附、混亂型依附等）。逃避型依附為了避免最後分離而受傷，而害怕過度親密。看似無所謂，其實內心很在乎，面對親密感的發生，常會衍生逃離或刻意表現冷漠的態度，多為成長過程中沒有被穩定照顧情緒需求；也經常發生於父母嚴厲強勢的教養風格，孩子因不知所措，不得已只能逃離或切斷情緒。長大後便發展出一種保護機制：只要保持距離，就不會感覺難受或辛苦了。需練習去理解情緒的價值、接納真正的自己、勇於表達，因為去愛人與接受被愛，其實是幸福的事呀。

我與世界格格不入

原來認識自己竟是這麼一條蜿蜒曲折的路徑，宛如置身密林之中，參天大樹與荒煙蔓草並置，每踏出一步都得如此小心翼翼，深怕誤踏內在溶蝕至深的孔洞，被落葉覆蓋著看不見其漆黑幽遠，一個重心不穩猛地栽進去，即是費盡九牛二虎之力才得以狼狽地、掙扎攀爬而出。

我內在的那片祕密森林，藏著連自己也不知道的神祕。

它像野地一樣充滿陷阱、古老之前恐怕也曾歷經墾伐的劫難，隱隱探索時可以瞥見枯木腰腹整齊的刀鋸切割，卻又從蔓生糾纏的野草之中滋長出蠻荒的恣意。循著過往的痕跡回溯，年少時不顧既往「向前行」的瀟灑此刻看來實是匆匆逃避，為了要更強壯、更合群、更社會化一些，在一往直前的過程中被削掉的骨節、刨掉的肉，彷彿是必要的犧牲一樣，那些疼痛未曾被處理，只是留下了粗暴的傷痕。

不知道妳是否看過無聲的哀鴻遍野——曾經在一次工作中，記者前輩說起他如何負重裝備上山，爬了幾天的山徑一路溼滑挺進那片預想中的巨木林地時，卻瞬間被眼前禿了一片的腰斬枯枝給驚呆了。山老鼠狡猾猖狂，在受保護的國家森林區仍有通天本領偷採盜伐，原是生機蓬勃的野地森林頓成靜默煉獄，徒留心痛與不可逆的悲傷。當那位記者前輩在描述彼時目睹景象時，我們雖然正漂在藍色太平洋深邃無邊的海上，我腦中卻瞬間有了強烈的既視感：遠方那座沉默又孤絕的森林，不也是自身內在曠野的寂寥樣貌嗎？

比起自然裡的美，我似乎不自覺地更長時間被山與海的傷所吸引，就像在同一片沙灘上漫步，妳向廣袤靈動的海浪走去，而我的目光腳步則始終徘徊在沙灘上凌亂狼籍的海漂垃圾，俯著身仔細分辨著亂源。

直視承受殘忍與暴烈後的摧毀與破敗，彷彿想理解那股暴力從何而來，後面又隱藏著哪些忍耐或無奈？我對此充滿好奇，並且像偵探一樣蒐集著蛛絲馬跡，想探索貪婪背後的匱乏、想知道暴躁源於什麼，還有那些凌亂且匆忙的腳蹤步履，是如何一邊蹂躪著自然、一邊踐踏自己？我始終不願相信世上真有惡人，即便有罪觸法，也必定有著摧毀內在底線也在所不惜的動機。我常常一面感受痛苦，卻又止不住想探究事實背後的脈絡，好像理解、找到原因了，就有機會改變一樣。

當注意力長時間放在公眾範疇時，不知不覺便荒廢清理通往自己內在路徑的功課，曾有好長一段時間，獨處成了奢侈的願望，每天醒來應接不暇的工作訊息、媒體採訪、密集的人際溝通、策略遊說，交織成密密麻麻的關係網絡，簡直比捕抓魩仔魚的網目還要細，罩得我無所遁逃、喘不過氣。於是我一邊在公眾領域裡展現強大的意志力，專注扮演長袖善舞運籌帷幄的組織工作者；另一方面卻透支了自己和內在相處的時間，任其荒煙蔓草，藤纏樹樹纏藤地芳草萋萋到天邊。

是因為經歷了那樣的時光嗎？我清楚地看見過去的自己一分為二，一面是應對進退得宜、演講主持皆可的公眾角色，而另一面則是愈來愈趨向封閉、孤絕沉默的內在小孩。在日後從心理學的角度來理解，人的多重面向都能夠被理解和釋義，但當時的我卻彷彿隨時會崩裂的海底火山，那道裂縫裡有自己也無法控制的熱源，長年壓抑的情緒、委屈都在和平穩固的表象之下滾滾沸騰著，任何一根稻草都可能引爆，潰堤氾濫淹沒周遭的平原小島。

所以當我終於清楚畫出停損點，離開那樣需要角色扮演、矛盾分裂的處境後，幾乎是逃離似地，快速封閉自己的星球，不再有多餘社交的「必需」，而只和親近、有安全感的人們互動。為此我甚至得離開過去情感牽扯至深、同溫層流動旺盛的人群和城市，以減緩更多擾動內在情緒的變因，讓自己在相對陌生的環境中重新生長，如墾荒一樣回到原點，捨棄所有外在身分的角色設定，全部歸零，成為一個自由而任性的人。

也許是過去的職涯人設塑造太成功，多數人對我的印象停留在聚光燈之下閃閃發亮的樣子，因此當我在社群媒體裡標示自己是「內向者」時，總會引起眾人不可置信的揶揄。人們並未意識到，在這個社群媒體發達的時代，我們早已失去了對一個人真實接觸的機會，反而更多時候透過螢幕、雲端接收一種公眾投射出來的假象，抑或是經營形象的表演。通過社群媒體短暫的、片斷的影像展演，我們活在一個看似透明卻更加隱晦、彷彿熟悉實則疏離、既親近又遙遠的模糊世界，對於一個人、一件事的認知，也漸漸變得印象化和武斷，失去了耐心和事實脈絡的追索，語言與風向極容易煽動意志，流量成為擁戴的焦點，人我界線愈來愈模糊失真，內在失落與心理疾病隨之而來，成為現代人集體焦慮的病徵，這樣的困境在當代的哲學及社會心理學領域研究之中早已被指出。

生而為人，有文化和思想能力的社會性動物，我們不斷在自身與社群關係之間擺盪，也像是無盡在自我內在的密林與都市聚落之間穿梭一般，織就各種異質而斑駁的圖景。然而比起年少時對他人視線觀點的在意、用力張羅以求周全的費勁，我發現如今的自己更想要回頭整理那片草生蔓長的內在野地，更專注地面對森林裡每一株植物的意義，它們可能是有意種下、細心呵護的珍稀樹種，也可能是倒臥枯木腐朽木屑裡再度滋長出來的蕈菇野果，甚至落下的松針柔軟覆地，坑坑疤疤的舊傷痕將它們挖整填平，「照見自己」成了生命後半場重要的學習和功課，因為唯有將自己安頓、照顧好，才有強壯的枝枒能再度與人連結、和世界互動，創造正向的流動。

「呃，我現在才知道……其實妳不社交的耶！」近日我倆一同出席公開場合活動的縫隙間，妳發現新大陸一般地提出了對我的觀察。當時無法娓娓道來的許多內在辯證與各種思考，只用一句「我有社交恐懼症啊」簡化帶過。但即便現在身處熱鬧歡騰的場合，仍微微保持距離，彷彿與世界格格不入的我，已經愈來愈不以為忤，反而有種不需要刻意照顧氣氛而討好他人的叛逆與自在。

比起採蜜一般在花叢中梭巡遊走、四處建立人脈互動，此刻的我更想要將心神留給深刻的關係、親近的朋友，和真正住在心裡的人們相處。

社交恐懼症：

社交恐懼症又被稱為人群恐懼症，是焦慮症的一種，據維基百科解釋，其主要特徵是在密集的社交場合中出現恐懼或焦慮情緒，在日常生活的某些方面造成某程度的痛苦和功能受損。這些恐懼可能是由他人的感知或實際事件引發而成的，而《國際疾病與相關健康問題統計分類》第十版（ICD-10）中進一步指出，社交恐懼症的主要診斷標準是害怕成為關注的焦點，或害怕做出令人尷尬或羞辱的行為、迴避和焦慮症狀，主觀或客觀來說，社交恐懼症依個人反應輕重而有所分級。

我跟你很熟嗎？

小時候，不知該怎麼認識自己，那時班上的女生流行討論星座，我會去書店翻閱星座專書，了解自己的星座。「天秤座，重視平衡與美感。八面玲瓏，一有社交手腕。」年幼我尚不知「八面玲瓏」是什麼意思，查詢成語字典後，一股無名火湧現（但隱藏得很好）。哼，我才不要什麼天秤座，只是個四處討好求和的花瓶！

小小年紀，不知為何如此敏感且嚴厲。以至於「八面玲瓏」這個詞，到現在聽到還是會皺眉——我害怕在八面玲瓏裡迷失，害怕在人見人愛閃閃發光的織網中，忘記自己真實的模樣。

長大以後，對於童年和少年時仇視「八面玲瓏」與「花瓶」的狀態感到興味盎然，覺察到自己過度反應，猜想會不會其實我就是那八面玲瓏的花瓶？鄰近不惑之年，許多事可以一笑置之。至少，我有把握不會迷失自己了。

即使知道人性有極其複雜難解的一面，我還是那麼喜歡人。房門上方貼了張紅紙，墨筆揮毫「人間」作為書房的名。人間雖苦，依舊華美，今生有幸，能遇見那麼多精彩的人，像山上滿天的星子，每顆星星都代表著一個人，讓我忍不住歡呼與歌頌，情不自禁還會手舞足蹈。因為我真的很喜歡大家啊。

沒錯，我很奇怪，獨處時是一個樣，一置身群體，立馬就換一個樣。這都不假，都是真的，因為人與人之間會出現牽連與啟動效應，使得我深深著迷於團隊工作，無論是班級、社團、社群、或出社會後任何共同志趣的工作室或組織。這或可追溯自原生家庭的熱鬧氣氛，有個古靈精怪的妹妹和幽默風趣的小弟聯手興風作浪，我在裡頭一向只能算是配角（或是丑角），三姊弟一起風風火火的時刻，時常讓媽媽失笑。長大後，群體中我藏不住話，無畏發言、經常性提問、高調示愛、甚至往自己臉上貼金也不害臊。時機要是來了，那愛撩人、逗弄人的性子也不怕惹得對方臉紅脖子粗，如同妳時常對我翻的白眼（妳白眼翻得愈多，我愈有「呀比」的快感）。分寸的拿捏成為我的挑戰，小心翼翼不要因此得罪人，儘管雷達有時仍會失準，依舊樂此不疲於和同頻友伴鬥嘴或笑罵，無形之中生出一張安全網——我很清楚，我有歸屬。

相對於妳的冷靜疏離，我如此樂於與人深交。隨著年紀增長，愈來愈不吝於表達喜歡或讚賞，他人看來也許像甜言蜜語或拍馬屁，卻不知真心美言也需要勇氣。因為我知道，這一刻過了，就不會有機會再對他說了。我不說，他不會知道，能讓對方知曉他帶給自己的共振和力量，於我是非常重要的事。

於是不吝於主動表達，且不厭其煩於溝通。以語言、文字、行動，去強化我與世界的連結。一個轉身，竟看見自己撒出了一張細密豐美的人際關係網，上頭五彩繽紛的織線，用色大膽且鮮豔，揭示了我與周遭世界對話的方式。

這同時也應生出一種危險：我以為人人皆好，皆與我相熟，而使得人我界線不清。偶爾在不自知的情況下撈過界，對方回敬一句：「我跟妳很熟嗎？」他說得輕描淡寫順理成章，那話卻如針一般插在心上。我被宣判了什麼？我跟他不熟？不熟便足以成為對方否定或質詢的理由嗎？

也許多數情誼發展得宜，於是當不小心判斷失準，踰越了對方界線而遭拒時，那種嚴峻且篤定的斷裂性常令我倉皇失措。那是一股熱臉貼到冷屁股的驚嚇感，顯然是我一廂情願，活在自己的想像中，一旦揭曉，就跌落深谷。

出於某種「好人訓練機制」，我不敢生氣也不敢恨，於是羨慕那些敢恨且能轉身離開的人。才明白自己是如何被「八面玲瓏」的咒語所豢養，儘管悠遊於人群溫暖的洋流中，長出了不同階段不同特質的面容，卻始終無法應對齜牙咧嘴的真實。若各式社群是成就我的搖籃，那麼當遇見不認同不能理解的反應時，我該學習人際疆界，退一步海闊天空。

無須處處留情，不是每段關係都要盡善盡美。

認知「關係界限」，我的路徑與妳全然不同。

清晨六點，又去河堤邊遛狗，瞇眼看著前方一片金色的斑斕，朝陽穿過小葉欖仁的細葉，灑落一地泥磚上的細碎光影，燦燦爛爛、安安靜靜，黑狗高舉著尾巴，可愛的小屁股一扭一扭向前走，遠山靜默，田野匍匐不動。我深呼吸，年少時琅琅上口的一首詩，緩緩浮現心頭。

結廬在人境，而無車馬喧。
問君何能爾？心遠地自偏。
採菊東籬下，悠然見南山。
山氣日夕佳，飛鳥相與還。
此中有真意，欲辨已忘言。

是，我曾嚮往做一個隱士，並真正執行過。多年前獨攀南湖大山，到圈谷長待一個月，幻想陶淵明的原野詩意會到來，事實證明全然不是我想的那個樣子，我想念我的社會，重要的家人朋友一一浮現心頭，才發現美景當前根本不能滿足自己，我渴望分享，若有人在身旁一同共享、歡鬧，才是真正的快樂。

無須走到海拔三千以上的南湖圈谷，就在原鄉美濃，老家附近河畔的堤防，小葉欖仁和無患子的林木蔚然成蔭，一隻黑狗相伴，先生在家準備早餐，家鄉長輩提攜，而祖先在身後。我與我所處之地的人事物有著深刻的連結，夫復何求？

曾為自己衝動易感的性子所苦，有時也盼如妳那般冷靜自持，卻始終做不到，那不是我。如果這場人生大戲如此珍貴，一生只有一次，那麼分分秒秒我都不願馬虎。就大大方方繼續搬演，苦來我吞酒來碗乾，且讓我繼續大驚小怪或小題大作，做什麼事都煞有介事，為周遭世界帶來高潮迭起的情感和思緒。勇於示愛，敢於無情，可憎可怨，無畏再見。這就是我，若天生是個風風火火的戲精，就盡情盡興走下去！

過度社會化：
極度合群，合群到喪失自我意識而不自知。「社會化」是人學習社會模式並將其內化的過程，也是追求安全的過程。卻可能到最後習慣符合社會標準而否定自身真實的一面，較為壓抑，難以自在表達違背集體標準的個人喜好和需求。看似應對進退得體、品德標準到位，一旦自身需求背離社會期待，就會迴避真實情感並產生自我批判，過度社會化會讓人失去自己而不自知，其實，袒露真實的自己也會讓人欣賞。

丈量出的差異

「喔，姊姊又長高兩公分囉！妹妹都沒有長……」記憶中，每當逢年過節，久違的親友相聚，許是寒暄家常抑或尷尬找話題，一見面大人就會聚焦在孩子身上，我和妹妹站在一起時總會被親戚上下打量、品頭論足，在家族身高突出、皮膚白皙的我和個子嬌小黝黑乾瘦的妹妹就像是天秤兩端，外貌與身高輪番被拿來比較。「妹妹要加油喔！」長不高的妹妹總在大家看似關心實為壓力的結論之下，害羞地躲在角落，流露出受傷又自卑的神態，與眾人融洽歡欣的氛圍格格不入。

小時候我不能明白妹妹的孤僻、迴避、不合群源於什麼，成年後才漸漸理解她的受傷來自於我的刺眼，而我卻渾然無所覺地占據了多數人的偏愛，乖巧伶俐、八面玲瓏、能歌善舞，如舞臺上聚光燈恆常照射的公主，相對之下妹妹所處的陰暗角落則是落寞冰冷的地宮。阿婆和爸爸關注到妹妹的失落，他們用加倍的疼愛與包容，擁抱年少時期渾身是刺、敏感自卑又暴烈的妹妹，爸爸甚至覺得他理應扮演「平衡愛」的那一方，有別於其他人對我的讚賞與寵愛，他則是疾言厲色、不苟言笑；相較於對妹妹的寵溺與慈愛，面對我時總嚴肅而吝於讚美的爸爸，以他的「等分邏輯」來分配愛的給予：因為「大家比較疼姊姊，所以我要比較疼妹妹」、因為「妹妹條件沒有姊姊好，所以我要給妹妹更好的對待，彌補她的不足」。這是爸爸放在心裡的那把水平尺。然而，他可能從未意識到——用身高、膚色、成績所丈量出的差異，是加上了他內在價值的評比之後，才產生了優劣。而爸爸把持著愛，吝於對我表達肯定的「公平」，則導致了我前半生都在渴求他的肯定，附和著他認同的價值觀，去成為一個優秀完美、負責果敢、堅毅理智的人物設定，只為了終有一天能從爸爸那裡獲得和妹妹等同的愛。

自此之後，「比較」成了我的人生課題，理智上看似非常排斥競爭，潛意識卻不知不覺地想要贏。如今回看自己在求學階段的表現，從國小到高中一直都在班級裡扮演著領頭羊的角色，當大家彼此戲謔取笑著為對方取「大屁」、「黑熊」、「吱吱」這種逗趣綽號時，我唯一的稱呼是制服上縫在學號另一側的電繡字「班長」。外貌出色亮眼、謹慎周到又懂事，過於早熟的內斂與果決讓我備受注目，看似與世無爭的性格，其實是因為我不需要特別主動去爭取什麼，權柄自會到來。這個世界有一套主流的價值觀，我從未意識到自己之所以被導師或教官「挑選」，正是因為我符合了他們眼中的標準，而服膺為秩序的一部分。

意識到內在對「競爭」的本能，發生在他人有意無意的挑釁時，會反射似地湧現一股不服氣、不認輸的好勝心。愈是別人認為我做不到的事，就愈想證明自己的能力，較起勁來就不顧一切，但也因此在每個全力以赴的憨膽之下，總能收穫不錯的成果。年輕時尚能沾沾自喜，愈老就愈覺得為了贏已折損太多不可逆的珍貴事物，比如身體、或是過於粗糙心急而沒有好好安置的情誼。

人生沒有無往不利的戰場，尤其是在沒有意識到是「自己被自己推坑入場」的境地之下，最容易一敗塗地。

在經歷高中留級的恥辱挫敗之後，秉持著「唯偏執狂能倖存」的文青魂一路考上成大中文系，原以為會如魚得水、繼續在文學獎競賽之中展露頭角；殊不知人才濟濟的大學班級裡創作者眾，才華洋溢、學富五車的同學們一出手寫的好詩就讓我自慚形穢，明明就還沒有進到比試場一較高下，內在浮現那個沒有信心的自己就先認輸、投降了。比賽還沒開始氣勢先弱了一半，也莫怪後來即便獲獎受到評審肯定，自己卻沒有真正認同自己，一嗅到同學們之間那種「文人相輕」的氛圍出現，便忙不迭地揮手切割：「喔，我不是混文藝圈的。」

那段時期的我並不快樂，因為「比較」而衍生出來的嫉妒、挫敗和自我懷疑，常常啃噬內心，而無法真誠、純粹地去欣賞他人開展出來的璀璨風景，更難以對欣賞的同路人袒露真心讚美。他者的耀眼於我而言成了刺目，無法直視之餘更對比出我的陰影，無形之中隱隱作祟的失落感使我畏光目盲，也失去了對自己模樣清楚描繪的信心。

對文學作品價值的批評、寫作者自我認同的追索、不同作家之間風格與筆法的文本比較……這些在文學生產場域中不斷進行的拆解、批評和論述，是後來我就讀臺灣文學研究所時期的專業訓練。從一個喜歡天馬行空、捕捉創意形塑故事的創作者切換成為文學領域的研究者，對我而言不是一件容易的事。文學評論就像是米其林的美食調查員，不一定做得出一桌好菜，卻得要在品嘗一道佳餚之後分層剖析、解構評分，定位優劣——我突然發現自己只想要成為一個快樂煮菜的人，最大的喜悅是在烹煮食物的過程中各種創造的自由，以及為自己或家人、朋友料理一餐的心意。

痛苦的研究所撞牆期，奔向大海成了我最佳的逃逸路線，擁抱自然則是生命的出口。每當膠著於文本分析和艱澀難懂的文學理論時，我便離開「人」所構築的理解框架，去到溪流邊、航行到海上，或者只是靜靜坐在防風林裡，棲身於木麻黃落葉鋪墊而成的柔軟纖毯上，靜看蟻列經過，在鹽潮俱重的礫石落葉間，光是存活著就如此辛苦，但在萬物共生的網絡中沒有比較、沒有優劣、亦沒有貴賤，自然裡每一個細微或巨大的存在都必要，無須向世界證明或徵求誰的同意。在浩瀚的蒼穹之中我感到釋放——如果差異就只是差異，我們只需要看見、尊重、理解並且包容，不帶著丈量的標準給予評價，是否就可以更自在從容地成為自己，而不再感到失落了呢？

比較心態：

比較心態是一種兼具社會性跟心理性的「自然反應」，因為人類是具有社會互動行為的動物，適當的比較能力幫助我們選擇與應對的決定，但若將比較過度聚焦在個體差異上的優劣，常會伴隨著自我價值感低落的沮喪、挫折的情緒出現，而忽略了自我與他人在本質上的不同，無法認同自己的價值，嚴重的話甚至可能產生自我貶低的憂鬱症狀。對於克服過度比較產生的負面感受，可先重新檢視自己重視的事件或價值，並專注於實踐、落實在自身更在意的目標上，逐步建立信心，進而肯定每個人獨一無二的生命經驗，從中獲得從容自在的能力。

劉教官請退場

如果，我曾是妳另一個妹妹。

很長一段時間，我在妳天賦才情的陰影底下，默聲書寫。因用字遣詞平鋪直述、習於使用對話，淺顯的敘事風格令我難以認可自己隸屬「文藝」之列。最安全是抽身，站在界線外，看你們各自綻放光彩。之於競爭，我戒慎恐懼，此時孤立是件好事，走出圈外，沒有競爭者、也失去同伴，每天為自己灌一碗迷湯，名為「不要在意別人的眼光」，藉以壯大自己。到底寫得如何？我不知道。

當然也不知妳同時沉溺在「被丈量」的痛苦中，縱使長袖善舞也唯恐追趕不及其他天才，當人外有人。

於是大學時期，我根本不受文學獎體制所左右。評比機制太可怕，我直接跳脫於評比之外，為保有自主與自由，最便捷的方法是逃逸。為避免逃跑顯得懦弱，我轉而鄙棄評審機制，就算是逃，也要優雅而灑脫，如黃昏海上一道細碎金光拖曳至灘岸的落日餘暉，那般詩情畫意。

沒有了比較，要怎麼知道自己夠好呢？高度的自我要求塑造隱形的訓練師，體內自然而然出現一位「劉教官」。劉教官性情冷峻，孤傲且嚴格，如果可以更好，她決不會放棄鞭策我。

我不知道那位劉教官是什麼時候長出來的？只知幼年時，我便知曉周遭大人只看向各種「好」，好成績、好品格、好紀律，只有更好，才能獲取更多的掌聲，以確保被愛。「求好」成為我童年生存的不二法則，因為非常有效，不知不覺，「好」成為根深柢固的信念。品學兼優之餘，生活愈發緊張，第一名讓我戒慎恐懼，時時要確認寶座是否穩固，小心翼翼不要砸壞模範生的招牌，下一次考試還緊追在後。

永遠不會忘記，高中考上第一志願時，老家美濃倉庫的綠色鐵門上，長輩喜孜孜張貼的一張大紅紙，上頭用毛筆明明白白地標示著「賀！」，我知道那是因我而發散給全家人的榮耀，卻不知為何，我始終無法靠近那一張紅紙。舉家歡騰之時，只覺自己的靈魂片片凋落，昭然若揭的「好」讓我感到刺目，竟不確定那張紅紙是否與我相干？

「求好」成為一種制約，一種獲取他者認同的嫻熟招數，我聽令於「劉教官」諸多指示，難以接受錯誤或失敗。

之於「不潔」，我感到慌張莫名，於是害怕穿著白色衣服或使用白色的物品，只因無法承受瑕疵與汙點，要一直護守「純淨無染」的潔白讓我緊繃，擔不起的結果，就是恐懼與逃離。

世上沒有真正的完美，平凡如我，卻耗盡氣力去製造完美，然而完美時常無以為繼，成為我至深的疼痛。只要不完美，我就自慚形穢，覺得自己不好，不好就不會有人愛，我不想要被丟下，不想讓期待我的人難過。

回頭才發現，這大半生，我都在為了證明自己夠好而活，故作驕傲地遠離比賽，不過是為掩飾可能被淘汰的虛弱。「劉教官」教我往完美的幻象狂奔，拋棄自己也在所不惜。

我如此虛擲自己的童年，成為一個好小孩、好學生、好人。並對所有不聽話的、背離規矩的、忤逆或使壞的人事物，感到不解、厭恨、甚至噁心。

深埋的憤怒，使我物極必反。考上第一志願以後，或許是荷爾蒙作祟、又或許不知哪來的青春期叛逆，我讓自己一落千丈，模仿吊兒郎當、學習蠻不在乎，彷彿人生就該這麼走一遭。

劉教官還是在，只是她鞭策的目標轉向了，用盡一切方法訓練自己不受周遭評價所影響，因為升學體制有毒，我不要輕易被這模式所魅惑。成績吊車尾我也能一笑置之，母親崩潰我也能不為所動，然而訓練自己到後來，我忽然意識到，至終學會的也不過就是「反對」。努力將反社會形象的自己雕塑得極好，巧妙地將完美主義在這裡發揮到極致，現實卻是，再這樣下去我就沒大學可讀了，顯然這對未來無益。

兩個極端都走過以後，發現兩極都是假的，那，什麼才是真的？

我要就讀哪個科系？我想成為什麼樣的人？我如何看待外在世界評斷我

存在的價值？若外在紛亂的目光與嘈雜的聲音會混淆視聽，我閉上眼睛，安靜下來，問自己主體性在哪裡？

體內的劉教官，沉默了。

大學時期的我不待文藝圈，重心移轉至登山社，依然努力為自己爭取機會，只求出人頭地，每條路線我都要去、每個山頭我都該撿。

某年夏天，隨友隊學長去走九天的能高安東軍縱走，那學長隨性自在，其嚮導風格全然不同於原本帶領我的學長。某日我們紮營於一美麗湖畔，原本計畫晨起要去單攻，清早起床，眾人窸窸窣窣在打包，我的動作不自覺加快，要認真、要加油，今天路還長的呢！不料那嚮導忽然轉身問大家一句：「今天有誰不去單攻？」他的口吻尋常，臉上帶著一抹微笑。我感覺我周遭靜止的世界突然被畫開，像一小杯蜂蜜滴入紅茶那樣緩慢地漾開，一位學姊舉手說：「我不去。」

我沒有動，感覺我那亙古冰封的世界在搖晃中……怎麼會有這種選擇……可、可以不去？我以為，以為所有人都該往同一目標拼命邁進啊！

長年求好心切，我從未確認過自身意願，只專注偵測集體仰望的目標，不停驅策自己「快速」與「完攀」。我睜大雙眼，怯生生問一旁的學姊：「可以不去喔？」學姊看著我：「對啊，妳要一起嗎？」接著，我鼓足了平生最大的勇氣，緩緩舉起手臂，卻仍隱約感覺有某種莫名的懶惰和羞恥隨侍在側。

那約莫是我人生第一次主動爭取放棄。

世界從此顛倒了，上與下、正與反，開始混融，像被鬆綁，那一整天，我都在森林與湖畔玩耍，爬上大石頭躺著發呆，閉上眼睛我冥想著，拉起體內那位劉教官的手，告訴她：我們一起放假吧！

似乎是在那之後，慢慢懂得無須依循大眾價值，不用再「哪裡好，就往哪裡去」。轉而自問：「想去哪裡？想去哪，哪裡就會是好的！」

才發現頭上有個完美主義緊箍咒，不知什麼時候才會想拿下來。

年近四十，而今我會為自己選購或裁縫白色的衣裙來穿，髒了灰撲撲的也好看；走進浴室看到排水孔上糾纏的髮絲，心情好就撿起來，心情不好就任由它去。一旦我接受這不完美的世界，也就告別了追求完美的緊迫盯人。

現在，我每天灌自己的迷湯換了，那帖藥的名字是「無論表現得如何，都不會影響我對妳的愛」。

完美主義：

完美主義催發人們追求更理想的境界，然而理想之後還有更理想之處，求好心切的結果導致害怕犯錯、無法接受失敗，自我責難帶來深沉的痛苦。於是做什麼事都很認真，可靠的能者，只是單用工作效率和成就來評估自我價值，活得辛苦。也因有著高期待與高標準，對自己和他人都很挑剔，只要做不好，就會自我否定或因關注於他人評價，而顯得抑鬱且低自尊。若有不熟悉的夢想待完成，會無比焦慮且壓力極大。適度的完美主義能令人漂亮達陣並享受成就感及樂趣，然而病態的完美主義卻是無邊深淵，回頭是岸啊！

中場

卉君：「憂鬱是另一面血淋淋的真實，當我不想承認它就鬼吼鬼叫得更囂張……似土石流般將我淹沒毀滅。」

崇鳳：「許多事情，只要努力，就可以改變。我那麼努力，手汗症卻明白告訴我：努力無效。」

手帕是一種優雅

三歲時，母親送我至 YAMAHA 音樂教室學琴，因為會彈鋼琴的女孩都好棒棒，我想成為那樣的女孩。從三歲到十三歲，我學琴不輟，小小年紀，知道學琴所費不貲，面對父母至深的用心與捨得，我不輕言放棄。

儘管我是那麼害怕彈琴。

因遺傳自祖母與父親的手汗症（原發性局部多汗症），彈鋼琴之於我，一直有莫大的壓力——那些潔白的琴鍵都會被我弄髒。只要彈得不好，手汗就會洩漏我的緊張，愈彈愈多汗，琴鍵上都是水漬，我一邊彈奏一邊想擦拭掉那些不該存在的痕跡，在壓力與分心之下更難彈好琴。停下來，鋼琴老師會拿放置在一旁母親準備的抹布，擦拭琴鍵，每在我面前來回擦過一遍，都在提醒我的失調與缺陷。

童年記憶中，手汗症最嚴重的課堂，就是鋼琴課。在鋼琴面前，我無法隱藏手汗，只要繼續緊張，手汗就永遠不會消失，我因此陷溺在高度的自我否定中，有時怎麼彈都彈不好，老師失去耐性，用原子筆重重打我的手指，嚴肅地問：「妳是怎麼了？」拿抹布擦拭的動作稍加急躁粗魯，把琴鍵都按下去，八度音階凌亂交錯的聲音像在譏笑我的手汗，我無邊惶恐，只覺自己與抹布無異，拼命祈求下課時間的到來。

為了成為媽媽心目中會彈鋼琴的優異女孩，咬牙繼續，我絕口不提困頓挫折，每年的鋼琴檢定考試成為夢魘，通過也不會太開心，就鬆一口氣；若沒通過，我會看自己的手，只要這麼看著，汗珠就能微微滲出。

直到中學為升學因素，鋼琴課終於停了，自那之後，我就再不碰琴了。

一

事實上，我不碰的東西可多了。

只要與手工相關的東西，我能躲就躲，這下意識迴避的機制不知什麼時候練就的，因為面對身體的失能太痛苦了，轉身離開才能好好呼吸。

從十字繡、縫紉、捏陶、玩黏土，到包水餃、搓湯圓、捲壽司、做麵包，舉凡與手相關的嘗試，我一律敬謝不敏。無論手作時程多短、技巧多簡單，我都無法享受手作的樂趣。儘管是資優模範生，烹飪課我還是會摸魚；美勞課我把編織作品帶回家請媽媽代勞；到了高中的家政課，我乾脆直接借隔壁班同學的作業繳交，被老師識破後還死不承認——我不能承認，我承認就代表自己卑劣又殘缺。

許多事情，只要努力，就可以改變。我那麼努力，手汗症卻明白告訴我：努力無效。體內那位「劉教官」對手汗症束手無策、著急莫名，只能愈發鞭策，火上加油。我走投無路，就訓練自己漠視汗水，繼續努力，考取好成績以確立自我價值。

值得慶幸的是，學科考試手汗是可以藏起來的——我的書包裡必備一條手帕，每次段考，面對考卷，我會拿出我的棉手帕，折得整整齊齊，墊在我寫字的右手底下，幻想自己端莊又優雅，緊張也沒關係，流出來的手汗會被手帕吸收，只要不沾溼考卷就好。

稚嫩的心靈中，只有獎狀可以拯救我。

大多時候我考試無往不利，當然也有失利之時。資優班競爭力強，偶爾試卷難，下課鐘響前考卷還沒寫完……不誇張，那條手帕可以五分鐘內全溼！我得反應快捷地撤換衛生紙上陣，無奈衛生紙不如手帕耐用，為維護試卷的完整乾燥，有時撤換不只一次，這讓我的考試很忙。當失控的手汗不小心弄溼試卷一角，糟糕，考卷要是破了怎麼辦……考題還答不出來，下課鐘響在即，手汗汩汩成小河，下腹部裡面一陣收縮，情勢緊迫，我強逼自己作戰，直到下腹部出現高潮的波浪，保持冷靜不讓自己痙攣，那時手汗才成為配角，而我已考到幾近虛脫。

我是這樣對待自己的。因為殘缺，奮力用功以證明自己不俗。我多麼希望，我的手帕是一種優雅，而非我狼狽的證明啊。

只可惜手帕永遠不是乾淨的，手帕代表手汗的存在，所以我不喜歡手帕。

就算媽媽買的手帕再美再好看，也與我無關。這症頭直到長大，只要看到有人使用手帕，我仍會暗暗覺得心驚，感到不解且多餘。

手汗不是水，日常只要觸摸任何有灰塵的物品，手就會有髒水，於是使用過的手帕，我收在書包深處。儘管在校成績好人緣佳，同學發現手汗的反應卻並不讓人愉快，周遭世界看待手汗的態度，教我嫌棄與厭惡我自己。即使是好朋友，也會在觸碰到我的手之後頓失笑容，那使得我一次又一次驗證自身的缺陷，判定自己不潔。

直到高中我搖身一變為叛逆少女，為詮釋瀟灑的形象，從此告別手帕，率性一點，直接往大腿兩側褲管抹，褲子就是我的手帕。因此我從不穿淺色的褲子，惱人的是，即使是深色褲，兩側也可能因多汗而顯示濕漉漉的印記，我的祕密永遠無法被守住。

但瀟脫不羈的我怎能在意這種小事呢？然而不管我如何偽裝，都無法抹除「痕跡」。對別人不值一提的瑣碎日常，於我卻是一幕幕的驚嚇考驗。比如穿拖鞋或涼鞋是件尷尬的事，因腳也會發汗，走在大街上不久腳底就會沾染塵土，任何需赤腳走進室內的場合，諸如到訪友人家或進舞蹈教室，我都要在門口想方設法整裝，往往是拿衛生紙擦腳，灰黑色的汗漬讓衛生紙變成一團烏黑渙散，而這一團烏黑渙散的臭衛生紙還是得往背包裡放。

這練習有點殘酷：極盡能事地湮滅掉病癥，時時刻刻不忘謀略毀屍滅跡，並表現得不動聲色、彬彬有禮、處之泰然。可是其實，掩蔽真實的優雅就快讓我崩潰。

二

當年為了手汗症與鋼琴決裂，我不想再為腳汗症跟舞蹈絕緣了。十七歲開始跳舞，那個童年拘謹乖巧的女孩，愛上揮灑身體的熱烈與痛快，高中利用下課與社團時間練舞，大學自費報名坊間舞蹈中心，課後的晚上，有時一跳就是連續三個小時，像打籃球一樣，渾身大汗是正常，因為大家都瘋狂冒汗，所以我可以放心，專心浸淫在喜歡的事情裡，不用再擔心手腳汗是否會影響其他人。這裡沒有競爭、罕見比賽，學員多數是女性，利用空檔時間從事休閒運動，老師不會要求要達到什麼樣的標準，讓我感到平安又幸福。

直到老師鼓勵大家參與學期成果展。我擔綱幾場演出，其中一場是舞蹈坊的負責人小蘭帶領——我喜歡小蘭的課，她的舞很有挑戰性，也相對嚴格。卻不知為何，變成要上場演出的團練後，尤其幾個動作我怎麼練也練不好時，童年彈鋼琴的魔咒就找上門了。

我的腳開始狂冒汗，不論跳到哪裡，教室光潔的木地板上都帶有我的餘漬，我一邊跳一邊揪心，一邊用腳尖使勁擦掉我的痕跡……大家都還在跳，踩到我的腳汗會不會噁心？會不會滑倒？我的存在是那麼突兀……有一刻我受不了，跳到一半突然脫隊，衝到角落拿一塊晾在伸展欄杆上的抹布，等到大家停下來，再衝去場上趴在地上擦拭，汗漬的存在鮮明，我沿著自己的痕跡一路擦，那動作詭異至極，老師與同學都沒有說話，可我知道，我該休息了，今天絕對跳不好了。

手腳汗跟了我那麼久，自小與它共存的方法就是掩蔽，掩蔽不了就假裝沒這回事。跳舞的快樂告訴我，我有多喜歡身體律動與飛揚的感覺，再遇心結，百感千愁，但我不想再放棄了。我長大了，可以找別的方法應對，雖然還是很狼狽，但我會繼續跳下去。咬牙繼續，不再是為了成為誰心目中的優異，而只為成全自己所愛。

就這麼跌跌撞撞下去吧，手汗或腳汗，不過忠實反應我的心理狀態。只要涉及檢核或評量，就會挑動我過度敏感的神經，擔心做不好，緊張是很正常的事。我才意識到，整個求學人生，我都在對抗我的身體。

隨著年紀增長，父母親開始憂慮手汗將影響我的未來。媽媽曾與我討論開刀動手術的可能性，但切除汗腺既違反自然，移轉汗腺也有風險，手腳汗跟著我這麼多年，只要擦掉就沒事了，術後併發症與副作用不可逆，容易衍生其他部位如前胸或跨下的代償性多汗，這樣真的比較好嗎？

我不想手術，母親心急：「這樣要怎麼交男朋友？」「公眾場合妳要怎麼跟人家握手？」「真的不會造成麻煩嗎？」……不要再提醒我了，這一生，我已經那麼努力偽裝。

大學時遇上妳，同學兼室友的我們成為莫逆之交，但面對有潔癖的妳，我常不知所措。太過大剌剌的話，手汗會把妳嚇跑；小心翼翼戰戰兢兢，又顯得彆扭畏縮。每逢觀察到妳觸碰到手汗不由得皺眉的眼神，明知是潔癖使然，卻仍有箭穿心。那時太年輕，不允許自己示弱，嘻皮笑臉應付過去，以逗弄招搖或尖牙利嘴之姿虛掩，博得「厚顏無恥」的稱號，沒發現愈來愈多羞愧與自責埋進了內裡。

二十歲，開始上駕訓班，操作方向盤於我並不輕鬆，無論是路邊停車或倒車入庫，都以龜速進行。

到上坡起步之時，要放手剎車要踩離合器要換檔又要踩油門，我慌亂無比，方向盤上手汗涔涔，能清楚看見水珠沿方向盤滑落。我總是一邊開車、一邊擦汗，每次上完課，大腿外側的褲子永遠都是溼的。

一個人的時候，我能好好看著自己的狼狽。沒有其他人在身邊，反而有莫大的自在。

成年了，我得學會認清真相、照顧自己。潛意識清楚我有一雙失能的手，意識上卻一直奢望自己健全。

這先天隱疾伴我多年，它的徵兆與症狀極其單純，偶爾有人問起，以為自己足夠了解它，快速回應：「這麼多年了，都好端端活到了今天，我早就與它共存了。」殊不知那坦然是假，我沒料到自己並不了解自己，暗地總是推託否認。

三十歲，我真的與我的手汗「共生共存」了嗎？

沒有，我永遠在擦掉它。而且，我覺得自己很髒。

難怪那麼害怕白色，那些骯髒的污漬都是我造成的。與汗共存只是假裝有智慧與氣度，其實我恨不得抹除我自己，沒辦法抹除就分裂：一個我是慈母，不停勸說自己要接受手汗，這樣沒有關係；一個我是厲鬼，不停打自己的手，怒罵妳是笨蛋嗎怎麼就是不行；一個我是唱衰魔人，最會冷嘲熱諷，哎喲那些要用手做的事情通通放棄吧，妳永遠都做不好的啦；偶爾劉教官出來串場，一籌莫展依舊繼續鞭打……

我得接納這雙手，才能與真實共生，而真實本有缺憾——此時才發現有個年幼陌生的小女孩，是優秀強勢的自我一直都不想見的。她長年躲在門後，不敢出來。在慈母、厲鬼、唱衰魔人、劉教官之外，她完全被忽略，小女孩拿著一條手帕，困惑委屈，那麼需要幫忙。

四十歲，發現手帕小女孩，她怎麼能被關那麼久？我怎麼可能不認識她？沒關係喔，不用怕，現在我的生活已不再需要考試。

三

人果然不能太鐵齒，生命總是出其不意。

因身兼戶外嚮導一職，二〇二一年一次險象環生的意外讓我痛定思痛，決定報考國際野外急救證照WFR（Wilderness First Responder Course）。長達九天密集訓練的課程，包含學科與術科。

學科內容是文組出身的我最不熟悉的醫療專業知識，如傷患評估系統、身體系統、各種外傷與內科問題因應，多采多姿的英文簡稱讓我眼冒金星，光看課本就頭皮發麻。術科呢？當然要靠手啦！加壓止血、脫臼復位、包紮固定、翻身與擔架製作，簡直傾我所有恐懼大集合，一股前所未有的濃稠黑影就要朝我撲來。

手帕小女孩回到了教室的課桌上，還是那麼努力又認真。紮紮實實上了八天的課，第八天夜裡，面對第九天的大考，我倉皇莫名，冷汗涔涔，學科可以死記硬背，術科呢？

一想到實地操作我的手心就爆汗，無論經歷再多、無論如何理解分析釐清或覺察，我還是會墜落深淵，這考試光用想的都快窒息，我需要自救，談什麼野外急救？

那天夜裡，手機傳來訊息，來自有潔癖的妳。

「以前面對大考時，我好像最希望自己可以從容，呈現真實的自己就好，轉念之後，我就不會緊張了。」

「所以，考不考過都沒關係。妳就當作，去做一個『體能測驗』，像心理測驗那樣，沒有標準答案，只是讓妳認識不同面向的自己，這樣想也許會比較能放開來展現實力！」

異樣的暖流細細緩緩，流入底心，眼淚無聲湧出。時移事往，我們已不再年輕孤傲，妳像精靈般通曉我的脆弱，只因我也終於願意向妳揭露我的不堪。

「不然這樣，妳如果通過了，我們就去吃慶功宴，沒通過也要吃慶勇宴，無論如何妳都值得被獎勵。」

妳一定不知道，我多麼盼望那場慶祝。就像個孩子一樣，咬牙苦撐過考試，只為了糖果。

原來沒考過也值得慶祝，因為勇氣。從來沒有人跟我說過這麼溫柔的話。只要這麼想，手汗就不再是威脅。

這一雙手，是再忠誠精準不過的警報器，提醒我正經歷什麼樣的危機。為迎合外在世界標準，長年來我被自己強大的偽裝能力所欺瞞，呈現出某種公定形象而不自知。只剩手汗，單純實際，不說假話。

比如公眾演講的我看來有大將之風，手汗會跟我說其實我很緊張；比如即將帶領工作坊的我看來冷靜沉著，手汗會告訴我其實我很徬徨。後來，我發現手汗還能確認關鍵話語，只要我勇於說出逆勢的真心話，手汗一定前來共襄盛舉……

看似有破綻的身體，其實是通往真確力量的入口。

手汗症，我的最後一道防線，天生為破除完美主義而存在的奇兵。誰想得到，當年那位拼命在舞蹈教室裡用腳尖擦地板的同學，多年後會成為進出教室的舞蹈老師呢？這舞蹈老師有個怪僻，就是跳舞從不赤腳，老穿著襪子——襪子就是我腳上的手帕。

生命魔幻，如一雙手的際遇令人玩味，從幼年的琴鍵到成年的鍵盤，我始終沒能逃出用手指工作的命運。敲字就像彈琴，書寫是幕後的練習。我最喜歡獨自在房裡敲打鍵盤了，冒汗也不慌。只因這是我的密室，丟掉樂譜，自由發揮，專心開創屬於自己的生命樂章——如果連這些變調都要一五一十彈奏出來的話。

一天傍晚，我回童年的母校散步，意外發現穿堂上有一架鋼琴，沒有其他人，周遭靜悄悄的。我凝視著那架鋼琴許久，身體自動動了，走上前去，打開琴蓋，琴鍵和記憶中一樣潔白，我深呼吸一口氣，把手指放上去，跟琴鍵玩了起來。

鋼琴清靈的聲音，像明淨通透的雨珠刷洗著耳朵。我瞪大雙眼，老天，三歲就開始碰琴的人，直到中年，才聽出琴音的純粹！

原發性局部多汗症：

有人稱此為「沉默的障礙」。一種身體局部出汗異常的症狀，典型如掌蹠多汗症：僅手或腳會出汗過剩，俗稱手汗症或腳汗症（其他部位尚有腋下或面部）。主要為身體的交感神經系統過度敏感，只要氣溫偏高、壓力大、或情緒受到刺激，皆可能快速反應。雖不直接造成健康威脅，患者的情感、心理、工作或社交禮儀各方面卻會受影響，使生活品質惡化。可視嚴重程度選擇手術治療，因術後不可避免有代償性出汗或有其他副作用，手術與否見仁見智。因此無論選擇開刀（移轉或切除汗腺）或不開刀（維持現狀），皆有不同的後續狀況要因應與調適。

深藍節奏

我懷疑每個女孩的夢魘裡，都曾有一架荒廢的鋼琴。
那畫面如經典般存在，彈鋼琴的女孩投射出西方文明世界的嚮往和中產階級生活形象，「學音樂的孩子不會變壞」、買得起鋼琴的小康家庭，似乎證明了父母那一輩臺灣經濟起飛年代「臺灣錢，淹腳目」的消費能力與驕傲。於是我不斷聽見同齡女孩之間聊起似曾相識的童年，幾乎都出現過嚴厲的音樂教師來家裡教鋼琴，盯梢似地要求彈奏指法、琴音強弱、一次又一次隨著節拍器的擺動，快速——中速——慢速……按照琴譜一鍵不差地做手指練習。

鋼琴課總是在傍晚五點，媽媽從學校接我們下課回家之後，她一邊轉身忙於晚餐的準備，一邊打開空調和節拍器，關上房門叮囑我先練習音階、複習樂曲，等待鋼琴老師來上課。世界彷彿被某種節奏隔絕開來，當我擰亮檯燈，掀開琴蓋，煞有介事地調整身體安坐在鋼琴椅上，黑白琴鍵反映著某種硬質、森冷的光澤，伸手按下一個琴鍵發出輕淺或暴重的聲音——在下午晨昏交替光線曖昧的小巷裡，多少隻看不見的鄰牆耳朵正在側耳傾聽？

從很小開始，我就不是個很能入戲的孩子，頻頻有個出竅的自己在看著紅塵中打滾的肉身，若不夠專注投入就容易分岔失神。眼前「噠……噠……噠」的節拍器規律地左右搖晃，活像催眠的鐘擺，剎那間我彷彿逸出了世界的秩序之外，飄離正在等待上鋼琴課的這個現實，聽見隔壁拄著拐杖的榮民伯伯上下樓梯走動著摩擦寂寞、後方工廠機具切割聲尖銳又突兀地戳痛世界的安靜、樓下廚房杯盤與刀叉碰撞的零落聲響敲打生活的凌亂……而我隔絕於宇宙之外，在節拍器的安撫之下擁有只和自己同在的短暫時光，那既遙遠又親近的距離感，我置身其中，卻又超脫於外，看似與一切連結相關，又孑然獨立。某種分裂和巨大的孤獨感襲來，在猝不及防的黃昏時刻，若醒覺著恐懼便如毛細現象一般滲透進血液裡，尚可承受；但若不小心昏沉睡去醒來全然天黑，我會跳起來在狹仄的通道裡瘋狂大叫，直到昏黑的樓下廚房傳來媽媽的回音，確認我沒有被世界拋棄，才稍稍能安頓心慌。

若妳和我當時的處境並列成空間的左右切片畫格，同樣是坐在鋼琴前的兩個少女，一個在嚴厲劉教官逼視下與手汗症的難堪糾纏；另一個則是神思渺茫地在節拍器催眠下與現世分離。假使平行時空裡有一個暗語通道將我們連結在一起，也許妳的手汗焦慮與我的黃昏恐懼會在琴聲之中惶惶相遇。

一

我說不清那是什麼時候開始的，甚至無法辨識它的顏色或形狀。

若手汗症是直接反應妳內在警訊的警報器，如此清楚而直接地暴露了妳的緊張與失措，那麼憂鬱症大概是捉摸不透的霧，它黏稠、潮濕、曖昧又鬼祟，像魅影又像駭客般入侵我的生命，遮蔽了某部分開朗直率的我，又或者說愈是熾熱明亮的光照後面，就愈有漆黑犀利的暗影籠罩，憂鬱是另一面血淋淋的真實，當我不想承認它就鬼吼鬼叫得更囂張、硬是用忙碌工作實踐自我驅趕它，它反而堆疊砌壘成一堵沉重危險的牆，隨時一個大震動就足以讓它傾圮崩落，似土石流般將我淹沒毀滅。

最先向我發布土石流警訊的是妳。

比中央氣象局的大雨特報來得還精準，敏銳的觀察力與長年自我剖析的犀利，讓妳毫不客氣地戳向躲在繁重工作後面脾氣暴躁的我。「妳會不會有憂鬱症啊？」某個精疲力竭的夜晚我們碰面小聚，當時我滿心掛記著海上的工作，而妳即將離開花蓮返鄉生活，看著我一臉倦容幾乎無法呼吸，妳憂心忡忡地提出了這個可能性。「怎麼可能啦，我才沒有憂鬱症！我有那麼脆弱嗎？」幾乎是反射動作，我慌張地矢口否認，唯恐被貼上疾病的標籤，天知道那對我而言代表著多少推翻、否定和污名化的恐懼。

情緒起落像狂風暴浪之下的海，有時高高湧起有時平靜如鏡，我視之為事件牽引出來的反應，畢竟無風不起浪；然而身體的不適卻如幽魂糾纏，常無故出現喉嚨腫痛的症狀，以為是傷風感冒而掛號拿藥，誰知小兒科的醫師卻建議我針對自律神經失調的問題著手處理。「還好嗎？妳看起來好累……要多休息啊！」那段時間舉凡見過我的遠親近鄰，第一句話都是這樣開頭，健康話題成了我最無法回答的寒暄，不用照鏡子也知道我的氣色很差，從內在深處滲透出來的疲憊感不是能靠化妝品能遮掩掉的。西醫無法解決長期困擾的痼疾，我同步向信任的中醫問診：胸悶和下意識憋氣造成頭昏目眩，身體濕氣不散，手腳起顆粒狀的濕疹，氣候一變過敏加劇，還有胃疾的牽引讓夜咳不止……我彷彿小孩跟媽媽告狀一樣，在女神醫面前苦著臉數落身體有多麼不聽話，真切地盼望講出來一切困難就會被解決。女神醫則是照慣例一面幫我施針一面回應著：「妳就是太勞心啦。心主神明，心氣不足不僅情緒不穩，身體也會反映出來，她們是在提醒妳該休息該放鬆，不是在拖累妳。」向來良藥苦口、忠言逆耳，而我的心是專政的暴君，只想要身體服從。「妳的症狀大概就是西醫講的自律神經失調。」中西醫診斷指向一個共同的方向，超出了我過去對自己身體疾病辨識的範疇，原來在各種器官的疼痛衰頹之外，還有荷爾蒙、腺體、神經，這些星羅遍布的精密網絡，更大規模地在體內流動牽引。如果器官是散布在身體裡的島群，那麼荷爾蒙、腺體、神經的存在則更像是海，它們無所不在地包圍漫布，以內在動力主導情緒的潮汐漲退，在看似平靜的液態之中隱藏紊亂、強勁、難以捉摸的各種水流，連結了器官之島，讓它們之間緊密關聯，完整成一個互為表裡的生態世界。

若身體運作出了問題，需要大腦介入去「治理」的話，我所知道的是如何對器官之島對症下藥，頭痛醫頭腳痛醫腳胃痛吞胃藥；然而更大範疇遍布全身的內分泌之海則邏輯無效，她不受腦袋控制，而隨心。心愈暴虐無道，海愈暗潮洶湧。妳知道的，我一向很能忍痛，並且擅於敷衍身體的痛覺，以意志力來控制行動；然而情緒的黑暗、孤絕，卻能在某個無法預測的瞬間將我吞沒，海嘯一般以摧毀式的力道席捲、將我吞噬進入高速旋轉的渦流之中，無法預測深不見底的深藍海域有什麼在漆黑裡等待，一股窒息的恐懼糾纏，就像每一次跳海時我驚恐掙扎迴避的，那看不到盡頭的絕望，亦是我內在無明的黑暗。

每個清晨醒轉的心緒朦朧時刻特別明顯，我漸漸失去了起身的動力，不明白為什麼我此時此刻在這裡，身體的痛感自末梢神經一一傳遞回來，緩慢的心跳牽動時各處的疼痛清晰可辨，而由內湧現的孤絕與荒蕪幾乎切斷我與萬物的連結，失重、漂浮、無根、恍惚如一粒宇宙中的灰塵，失去活著的動力。

二

「我必須在世界指認我之前重新辨識出自己。」這個覺悟出現在無數種死亡場景的幻想之後，彷彿身處大雨滂沱寸草不生無所遮蔽的泥濘中，在口袋裡翻找出唯一倖存沒有完全濕透軟爛的火柴，指向殘存的溫暖所在。

於是某個福至心靈的夜裡，我趁暮色掩護，走進一間寫著「憂鬱、躁鬱、思覺失調、自律神經失調」的身心科診所。沒有特別預約，沒有搜尋google網路評價或向醫生朋友打聽，沒有抱著什麼希望或忐忑，更沒有找人陪，只因為它的招牌在我加班後遲歸的夜裡還亮著燈。我像走進便利商店一樣輕快果決，以一種在耳鼻喉科櫃檯掛號的習以為常，診所乾淨的牆上掛鐘指向晚上八點四十三分左右，我是最後一位客人。

身心科的醫生不是諮商師，沒有意味深長且溫柔的眼神，示意你和盤托出糾纏難解的心事、沒有舒服的沙發、友善的白開水或振筆疾書的筆記本，那裡的醫生不穿針織毛衣，也不會像朋友一樣叫你的名字，問診的開場白和其他科別沒什麼不同：「哪裡不舒服呢？」臉上充滿疲憊感、等下班的醫生眼中布著血絲，桌面上那罐和我同樣牌子的過敏鼻噴劑顯示出他的不適。我敏感且本能地差點脫口而出：「醫生，你還好嗎？」但沒有，我忍住了，社會化程度夠高的我知道醫病關係裡的禮貌，於是將關注回到自身，從喉嚨無故發腫開始說起，到呼吸不順、頭暈目眩，胸悶心悸覺得沮喪，夜裡多夢睡再久還是好累。

「我覺得可能是自律神經失調。」我望著低頭打鍵盤的醫生說。

「嗯，情緒方面呢？有什麼特別的起伏嗎？」他沒有接話，透過發問拿回診斷權。

「我覺得蠻沉重的，好像開心不起來，總是在擔心，想最壞的可能。」要對一個（趕著下班的）陌生人描述內心的感受並不是我擅長的事，但顯然他的眼神此時才從螢幕中抬起注視我。

「其實我會想到死亡。老實說，常常在一個人加班的夜裡，我望著辦公室天花板的樑柱時，腦袋會不自覺地浮現出在那裡上吊的畫面。」我平靜地描述腦袋裡最黑暗的那一塊：「過馬路的時候想像車子撞過來的意外，下樓梯時也會幻想若沒踩好跌下去扭斷脖子的死亡。下雨天時窗戶緊閉會想著燒炭的話怎麼樣，站在頂樓時望著腳下馬路會不斷興起跳下去的衝動。」

生活裡每一個轉瞬都可以是由生向死的關鍵，沒有特別的事件或戲劇性的表演，死亡在我眼中看來，不過是不小心打翻一杯水潑在電腦上就瞬間死機的那種意外，帶著不經意的、沒有預謀卻隨時可以的、不壯烈而脆弱得像是彈指撚死螞蟻的那種一念之間，都是告別的分岔點。

死亡不難，放棄求生而已。

如何活著對我而言才是蹣跚而至為艱苦的課題，困惑於生存的意義。

「嗯，妳有憂鬱症的病兆……我會建議先透過藥物治療。一方面透過血清素的提升讓妳減低焦慮，另一方面是抑制交感神經的過度活躍，幫助入眠。」

藥物似乎是最簡單直接的方法，醫師在簡短不到十五分鐘的對話後為我貼上「憂鬱症」的標籤，並且經驗豐富地「對症下藥」。

「一定要吃藥嗎？」我腦子裡掠過一個久遠的記憶，在過去對於憂鬱症患者的印象，來自於一位中文系學姊，才華洋溢的她是熱音社主唱，一頭亮黃色挑染捲髮和爆發力十足的聲線是我對她驚鴻一瞥的印象。大學多彩忙碌的生活中偶爾在系館相遇，雖然沒有過多交談，但她前衛又搖滾的打扮，和渾身散發出來的神祕氣息，總能攫住我的眼光。後來那位學姊消失了一段時間，系上開始流傳她憂鬱症爆發、服用藥物成癮、自殺未遂後休學失蹤的消息，流星一般轉瞬即逝的傳奇，便成了我對憂鬱症患者的粗淺投射。

過去我在人前光鮮亮麗慣了，一向是團體中的意見領袖和某種典範，自詡為抗壓性高、適應力強似打不死的蟑螂，從小家庭教育根深蒂固地在潛意識裡叮囑，要成為一個「有用的人」，為此打從心底抗拒一切軟弱的表現，連尖叫都覺得失態，此時卻在醫生診斷下，宣判成了一名「憂鬱症患者」。

「我是一個失敗的人嗎？」「我會是長輩所批判的玻璃心、草莓族嗎？」「我會成為人們口中八卦的、同情的對象嗎？」各種紛亂心緒像暴雨般襲來，一股深深的挫敗感不可自抑地湧上心頭，過去三十多年生命裡的光彩和積極向上的努力，在那瞬間似乎全都成了泡沫，一戳就破滅塌陷。

我不願意吃藥。

吃了就好像承認自己得憂鬱症了。吃了就輸了。

「謝謝，我不拿藥。」我沉默半晌，對醫生說完之後，便轉身離開診所，假裝自己不曾來過，不曾窺見內在群魔亂舞的黑洞，不曾軟弱地尋求任何協助。那樣我就可以繼續相信自己是健康的，不過是受了存在主義的影響，太過聰明而產生思想上小小的叛逆罷了。

三

洋流的力量無遠弗屆，長距離繞行在島與島之間，挾帶著充分攪和的鹽分養分，蜉蝣生物與有機物質、動物的遺骸與腐爛中的碎葉，也還有高溫高鹽也無法消化的塑料廢棄物。它們奇形怪狀、殘缺異常，隨波逐流的樣子像失去動力的軀殼，隨著一波波外力不由自主地碰撞、推擠，逸散出致命的化學物質，經過無風帶的滯留堆疊，和所有渦流攪和在一起，然後在風和日麗平靜無波的海面，陣列紛陳現形於潮界，成為無主魂魄的喪屍魅影，那就是我的樣子。

憂鬱症難以借助外力，他者力量的支持或推波助瀾，都是浪的姿態。熱情澎湃或癲狂難耐、淒風苦雨抑或晴空萬里，都是真實的狀態，因為時間不會止息，運作照常持續，只是在很深很深的海底，迤邐堆疊萬千沉船一樣的死寂與枯朽，隨著海流光照而隱約起伏的深藍節拍，始終是生命的基調。失去了內在湧起的動力，讓每分每秒光是活著都那麼費勁，那麼需要努力。

即便不願意承認，目光卻開始被似曾相識的情節所吸引。攤展他人的生命故事，從邱妙津的《蒙馬特遺書》到林奕含《房思琪的失戀樂園》，那些跨越時間的痛苦與深淵如此漆黑真實，頻頻召喚高度相似的經驗和回憶反覆糾纏，每次掩卷都像是自地獄重返歸來，而她們都已經解脫離開，徒留人間風雨無奈。

作為我身邊親近的朋友，妳即便保持安全距離也難以置身事外。好幾次妳氣惱於我對自己的消極與迴避，軟硬兼施地一下苦口婆心勸諫作陪，一下小心翼翼地怕踩到我的情緒地雷；而我看著妳也在自身關係課題裡辛苦浮沉，像變形蟲一樣探索真正的自己，起伏劇烈的情緒線根本像川劇的變臉，前一刻妳還雀躍燦笑如天真小女孩，下一刻被童年陰影觸動哭到全身發抖不能自己，戲劇化程度不輸瓊瑤劇的灑狗血。那段時間我們簡直相愛相殺，兩個人都如同刺蝟無法近身，既在乎彼此的存在卻又擔心互斥而迂迴地閃躲，遙望著、愛著，也傷心著。

如今我忽然理解，那也許是某種跨越、打破了平行時空的共時性。只是妳彈奏的是大悲大鳴的貝多芬（Ludwig van Beethoven）《命運交響曲》（*Symphony No. 5*），而我還在壓抑苦悶的德布西（Claude Debussy）〈小步舞曲〉（Menuet）裡面找出路。不同的生命情調，外顯或內斂的，卻都是在槍林彈雨之中尋找生還的自己——如此一來，我們也許不需要克服手汗症或潔癖，不需要真的手牽手，卻仍能在彼此獨立完整的敘事中，容許疾病的位置與之共存，而擁有真正的同在。

憂鬱症：

「臺灣憂鬱症防治協會」醫師提到憂鬱情緒與憂鬱症的區別：憂鬱是正常的情緒反應，人碰到挫折、失落難免會憂鬱，但多半是短暫的、輕微的。憂鬱症則是持續的、嚴重的憂鬱表現，可能與外在的壓力有關，也有可能莫名的就憂鬱、煩悶、快樂不起來。憂鬱症成因複雜而多變，但基本上是生理、心理和社會等三大因素共同作用而成，常合併許多慢性疾病等身體症狀反映出來。根據衛福部健保署統計，臺灣一年有超過四十萬人因憂鬱症就醫，憂鬱症患者人數逐年緩步成長，大眾需要有正確認識憂鬱症的知識和態度，透過更全面的管道，協助自己和他人度過感染「藍色病毒」的挑戰，甚至養成共病同存的能力。

元氣網

〈藍色病毒：我和我們的憂鬱症〉

下半場

卉君：「力求完美、暗自較勁成了我的病，不知不覺中『有用才會被愛』的魔咒緊緊包覆著我，我需要人群，需要掌聲與舞臺，也需要『被需要』。」

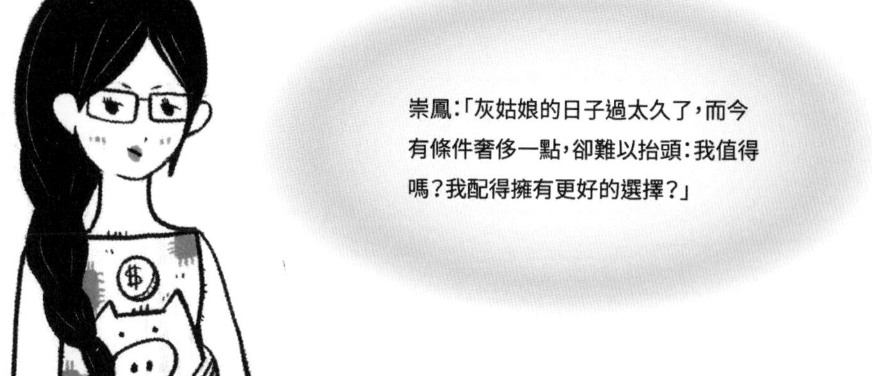
崇鳳:「灰姑娘的日子過太久了,而今
有條件奢侈一點,卻難以抬頭:我值得
嗎?我配得擁有更好的選擇?」

生命力之潮

如果不曾病過，也許我們永遠無法理解世界的完整。森林裡若全是翠綠茂密沒有問題的樹，沒有風吹雨打、沒有掙扎求生、沒有衰敗腐朽的演替，我們不會為生命的存在感到榮耀驕傲。

回頭看望，病的惡化多起於不能接納自身的真實，我否認手汗症的魔咒、妳漠視憂鬱症的進逼，只因我們是那麼努力追求光鮮亮麗他者認同的世界，而忘了自己真實的模樣。就是太努力了，遺忘與冷漠形成一股濃稠的墨黑，我們棄絕一切奮不顧身，追著自以為的光明，直到愈發深暗的陰影，開始朝我們追擊。

神聖的地方就是黑暗的地方……神聖的智慧並非又薄又清澈如水，而是又厚又黑暗如血。

——C．S．路易斯（C. S. Lewis），《裸顏》（*Till We Have Faces*）

這段話被《女英雄的靈性追尋》（*The Book Of She: Your Heroine's Journey into the Heart of Feminine Power*）一書所引述，由美國「女人幸福守護組織」創辦人莎拉（Sara Avant Stover）所寫，是近來的枕邊書。關於女性虛弱不潔的諸多隱喻，都在黑暗如血的神聖中翻轉。深紅色書封上飛揚的英文字「She」時時提醒著我，我是誰——因為自小到大，我對女生的身體，總感麻煩無奈。

初潮始自小學六年級，自那之後，如何讓月經報到不影響日常，成為我的目標。正因母親賜予我一個健康無虞的子宮，自小不知「經痛」為何物，籃球課與流血從來都可以並置。大學登山，經期從不是我操心的問題，溯溪或跳潭只要學會使用棉條，經期就不會對我造成任何威脅。

威脅？就像教室裡那些因生理痛休息而不能上體育課的女生，看來總覺不濟。年幼的我，清楚集體社會對陽性力量的崇拜：那些成績、那些成就，月經到來只會令目標的進程更顯耗能，我不願經血影響我的成功。

我不知道，女人的身體原來像月亮、像海洋，月有陰晴圓缺、海有潮起潮落，從來無須刻意維持圓滿、或要控制到無漲退的高度穩定。每逢身體落潮，就順隨宇宙韻律，進入沉潛期，無所事事，好好流血，大休息能孵育靈感與洞見，蹲穩馬步再順勢起飛。

我不知道，只懷疑休息令我落後、示弱將被不齒，對那些每逢月事報到就躺在床上疼痛到打滾的女生，抱以無限困惑同情。三十五歲以前，甚少將經期畫入行事曆中，倘若遇生理期不適，打腫臉充胖子，繼續工作。忘了有多少山行的日子更換過衛生棉（行走只讓我減少替換次數），極寒或極濕都無妨，繼續喝冷水，驅策身體前進，堂堂戶外嚮導，帶隊哪能有什麼差錯？此意念之強盛，使得我與陰性世界的智慧徹底失聯，我謹記生，如年輕時奮力朝光明奔跑那樣，忘了人會老、會病，也難逃一死。

來不及明瞭月亮與潮汐的奧祕，不知不覺成了背面的陰影，情緒暴起暴落，時有崩壞如瘋狗浪。某日，妳忍不住對我突發性深度的低潮喃喃：「前一天還興高采烈，怎麼現在又失魂得跟鬼一樣？」問起我月事是否將臨……我抬頭，像置身迷霧森林般茫然，妳遂發現我對自身情緒的起落，毫無自覺。

為什麼不能再像年輕時那樣蠻不在乎？而身體已沒有本錢再任我繼續揮霍。為了強悍的生存，我關閉感知，所有的「不舒服」都會被翻譯成「還可以」。靜心覺察，才承認我的經前症候群其實嚴重，先有胸脹、腰痠、容易疲累，此外，情緒還真是暗潮洶湧又波瀾壯闊，惹得伴侶人仰馬翻。而愈近中年，經血愈是吞吞吐吐，總得藉如廁時順勢用力，才會有淤積凝滯的血塊「掉落」。開始懷念起年輕時胯下汨汨流出的溫熱與順暢，開始感到不安：從前為流血煩惱，現在為不流血憂慮。

一日在浴室沖澡，正值經期第二天，我令自己下腹部用力，一次、兩次、三次，落下一個血塊——我蹲下來，看著瓷磚上暗紅如仙草凍的血塊，用手指去破壞，以為分解後它將還原成漂亮鮮血。但沒有，大血塊只是分裂成數個小血塊，一道血絲細細長長流向排水孔。我突然莫名想念，過往那快意暢流，鮮紅色的生命力之潮。同時也萌生新的困惑：那些沒流完的血，都跑去哪了？如果淤塞在裡面未能排出，最後會變成什麼？

婦產科診間乾淨且新穎，排排坐的全是女性，不知為何恰巧無男性陪診，這裡是女人的王國，為此我竟感到心安。候診區的電視牆上，播報各種婦女病癥的介紹和提醒：子宮頸發炎、不孕、卵巢囊腫、乳癌……我望著一室關於女性的保健品與疫苗告示，對著粉紅色牆面怔忡了起來：女人的身體，真超乎我想像的細微精緻。

診間裡坐著熟悉的女醫師，耐心聽我講述症狀，許是我煩躁不安，她忍不住輕笑：「妳覺得當女人很麻煩齁，好好好，下輩子別再當女人了。」我忽然住嘴，只是呆看著她，非關醫師一語命中，而是聽見底心迅速湧起的抗議，那聲音讓我震驚。

平躺在床上，做超音波檢查，「……這裡有一個子宮肌瘤，差不多兩公分喔！有看到嗎？」醫師平穩的聲音在上方響起，我怔怔看著螢幕中黑白交錯的影子，想著這該是發現胚胎的溫馨場面吧，怎麼會變成肌瘤？

早該有所準備，那些沒流完的經血，凝結在裡頭，總該有去處。長年來我忽略身體週期性的運行，那些蠻橫霸道都付出了代價。「唔，好像還有一個……太小看不清楚，我們換陰道超音波檢查！」轉為內診後，我脫掉外褲與內褲，爬上躺椅仰臥，兩腳一打開，身體就緊繃。醫師的儀器接近陰道口，我拍拍自己的胸口，像母親一樣勸慰自己：放輕鬆，我很棒、我來面對了，看到螢幕上的子宮了嗎？這個忽略那麼久的祕密神殿，得多認識才行喔。

「嗯，這側果然還有一個〇．五公分的小肌瘤……目前都不會造成影響，別擔心，持續追蹤就可以了。」醫師檢查得很仔細，她的聲音輕柔，弭平了我的無知與焦慮，並順道為我做子宮頸抹片檢查。才想起自己的抹片檢查結果年年發炎，對比醫師的主動和警覺，我卻一心只想逃避和忽略。是真的不在乎？還是不想對身體負責？

沒有拿藥，走出診間，車如流水馬如龍，午後的陽光一樣燦爛，我跨上機車，仍不由自主地神傷了：我是怎麼對待自己的呢？那些沒流出來的、那些咬牙硬撐的、那些自以為強悍的，從此被封印起來了。身體已盡其所能，將那些傷害都包裹住。肌瘤像愛的誓言，萬般保證活下去的本能。直到內裡那堵剛硬的外牆自動崩塌，我才看見牆內有座逐漸凋零的花園。這身體是那麼努力護守著什麼，只待我清醒。

婦產科診所亮潔的落地窗內仍排排坐著一列女性等待，不知為何，看到女性為關注於身體的動能而聚焦而群集，無論主動或被動，我都能聽見海潮在月滿光華的天空下湧動呻吟，如同那一語驚醒夢中人的話語。

「妳覺得當女人很麻煩齁……好好好，下輩子別再當女人了。」醫師笑著揶揄。我沒忘底心快速湧起的抗議，那聲音是這樣說的：「不要，如果有下輩子，我還要當一個女人！」其聲音之清晰與明確，讓我對自己掉下巴。也許正因沒好好當過女生，難登女人大雅神祕之堂。子宮用她的犧牲喚醒我：最大的欺瞞，來自自身。

開啟封閉已久的感知，練習覺察身體裡的海，隨宇宙韻律漲浮消退。不知不覺，每個月開始註記經期，並將經前一週畫上顏色，對伴侶預告，自己可能情緒不穩定；在排定重要工作坊和登山活動時，特意避開經期；定期追蹤肌瘤，主動關照身體的感覺很踏實。我是一個晚熟的女人，謝謝月經不調，喚醒鐵齒如我，在逐漸衰老的子宮中探索生命的智慧，無論她怎麼不順有著怎樣的瘤，我都不會再嫌棄她或要求她，而今她是我的老師，提醒我要廢之必要。

這天看診完，與友人共敘一頓舒暖精緻的晚餐，夜間為自己煮了熱呼呼的草藥水泡腳，看喜歡的小說，選幾首愛歌，聽著聽著入睡，這麼過了一天——若中年以後的歲月還長，請應允我用接下來的半生，向月亮許諾，把自己愛回來。

子宮肌瘤：

婦科常見的疾病，與女性荷爾蒙失衡相關，好發於三十五歲至四十五歲的女性。百分之九十九的子宮肌瘤都是良性的，轉變為惡性腫瘤的機率極小，卻可能造成經期異常、難孕或骨盆腔不適等問題。子宮肌瘤發生時不會有前兆，小於五公分的肌瘤可考慮中醫治療（活血化瘀、理氣化痰等），但仍需西醫婦產科儀器協助持續追蹤，隨其生長的位置、大小與數量，推估是否影響子宮機能，若有急速變大、造成經期大量出血或產生嚴重的壓迫症狀，再考慮手術處理。控制得當即和平共處，子宮肌瘤會隨更年期的到來逐漸萎縮。

溫柔練習

如果說要感謝月經在這幾年教會我的事，大概就是學習對自己多一點的溫柔。

初潮約在國中時候來，沒有太多的驚慌失措，也沒有不適和難堪。它就像是從下腹湧出的一道暖流，經由陰道排入馬桶中，在一路平安成長不見血光的童年記憶裡，經血是我最早見到身體裡湧動的顏色。

那是紅色。

彷彿標誌了身為女人的能量與熱烈，那猩紅的燦爛與冶豔，大抵也灼傷了某種聖潔純白的規限，如同一種與生俱來的野性，來自生命的本質本源，它僅是靜默地存在，那生之泉源亦對應了他者的缺乏，挑戰陽性的束縛與權威。

妳知道的，我對於女性主義研究的興趣從大學時期便開始；吸引我的倒不是受壓迫者走上街頭突破重圍的激進擅鬥，也並無女人當家作主的掌權主控欲，而是關於女人、關於性別，我想聽見更持平、精準的描述。正因為認為兩性的生理差異不應以強弱之分，而是依其特性各擅勝場，理解到刻板印象來自於文化發展過程中所賦予的觀看方式，因而我們永遠無法在不齊頭的競爭裡討論公平，只能透過翻轉、攪散、重新定義或者突破框架，來稍稍平衡彼此的相對位置。記得在就讀臺灣文學研究所時，我選修了楊翠老師的「女性主義理論」課，當時她說：「女性主義追求的不是女權，而是基本的人權，是兩性的平權。」

選讀女性主義課程，乃至於後來我獨自走訪美國、香港的獨立書店之旅，都是循著女性主題書店為軌跡前往的。對我而言那樣的吸引和好奇如同回探自身生命裡的暗與光，我從未懷疑過自己樂於當一個女性，性別在我身上沒有矛盾，反倒是讓我生出了另一種視角，得以觀察女性如何被看待、兩性之間的性徵如何被賦予正反的修辭。比方說在自然界中生殖繁衍的能力其實是需要兩種性別的合作才可能完成，但為何自古以來就有部落祭祀一柱擎天的巨石，發展出「陽具崇拜」，對於女性生育能力的經血，卻總是予以黑暗、污穢、不潔的暗示呢？

從小在體制內的教育裡，我想不起來有什麼課程是教我們認識月經的意義和力量。除了它二十八天為週期來一次以外，即便身為女性，每個月迎接它的造訪，對它的認識卻稀薄得可笑；我們得接受青春期男生在走廊上貼沾滿紅墨水衛生棉的惡意羞辱，卻沒有勇氣為經血辯駁，無法義正嚴詞地告訴他們：「沒有經血根本沒有今天的你們。」

女性身上的經血如同附身或詛咒，在成年後出社會工作，仍不時被詢問、確認，成為可以／不可以的門檻。比方說在田野調查的工作裡，多的是「生理期不能上船」、「生理期不可以拿香」、「生理期不能進宮廟」的民俗禁忌，老長輩在妳欺身跨足到神聖場域的剎那總會警覺地發問：「妳有來血嗎？」彷彿妳的胯下正在滲漏的血液不是妳的一部分，而是邪靈的分身。

整個社會氛圍讓我們與經血敵對。它的存在羞赧隱諱如佛地魔，連描述它都不敢直呼名諱，女生之間若有臉色蒼白身體不適的表現，我們會問：「妳『那個』來喔？」當另一個疼痛難當，從廁所裡撐門而出的女孩孱弱地點點頭時，我們會充滿無限同情地說：「很痛吼？好可憐喔。」看似同理了疼痛，但卻也同時為月經的到來，反覆貼上了「好慘」、「不能吃冰的」、「這個不能那個不能」的限制標籤——所以大家給月經一個「大姨媽」的代號：當「大姨媽」一出現，管東管西又嘮叨囉唆，惹得妳精神耗弱情緒暴躁，還擺脫不了。

每個女孩都有屬於自己的月經密碼。在身體剛萌芽之初，醞釀熟成到漸漸乾枯的落果之後，月經陪伴我們走過生命超過三分之二的時光，可以說是最早開始與自己相處的閨中密友，每個月如降靈一般默默影響著妳的荷爾蒙，一種無聲卻又充滿存在感地透過身體輕微變化、情緒、疼痛酸澀等覺知，提醒著妳：「嘿！我在這裡。這個月妳過得好嗎？」它彷彿潮汐一樣，帶動身體裡所有的液體，體內若濕氣鬱結，則胸部脹痛四肢水腫，腹疼悶澀，血塊凝滯。身體的不適感和情緒的波動相生相衍，大多時候我們並沒有意識到自己在忍耐，加上衛生棉條、月亮杯這些不再讓妳胯下濕答答的現代產品協助，我們更能輕易假裝月經不在，不需要陪伴它，或者特別為它準備什麼，我們一樣忙碌於跟上外在世界的運轉，以意志帶領行動，有意無意地忽略它對身體帶來的提醒與呼喚。

和妳一樣，對於自詡為意志力強過體力的我，用腦袋抑制身體感受的暴君統治橫行多年，月經帶來的下腹疼痛和情緒影響，幾乎是沒有過的經驗。還記得那幾年羅志祥形象還很體貼陽光的時候，廣告上演繹溫柔男友，懂得在生理期時為女友買衛生棉、貼心準備四物飲的劇情，讓多少女孩為之傾倒；而我從未羨慕過那樣的情節，更無法想像那是有多麼疼痛虛弱到買衛生棉需要他人代步。從年輕時的校園裡、球場上，一直到職場中，每當別的女孩臨時缺席或無法正常上工時用「生理期」來請假休息時，我甚至無法同理這樣的需求，覺得「有這麼嚴重嗎」？我年輕時的生理週期異於常人，不會每個月來，來時經血量也不多，三天內就差不多結束經期，也從未有過熱血豐沛到滲漏的量，從未使用過加強吸收版的棉片。婦產科醫生告訴我，經期紊亂也還是有自己的規律，也並非都是二十八天一循環；於是我慢慢觀察到月經來的頻率大概是「兩個月——一個月——兩個月」這樣的週期，如果大多數人的月經之曲是緩慢而規律的四音一拍，我的大概就是神來一筆的那種滑拍，常出現得讓自己措手不及。

開始改變節奏，漸生出一月一次的韻律，已經是三十五歲後的事了。

再無視生理變化、對自己身體陌生冷感的我，也還是能從月經週期的穩定，經血量的沉穩通暢，慢慢感受到心安的力量。從年輕時總不以為意的對待，「愛來不來都隨便你，不製造我的麻煩就好」那種視月經為無物的態度，來時便搪塞衛生棉條，無感度過三、四天的敷衍，到步入中年之後身體的轉變，開始在經期來前會注意到身體的徵兆：持續幾日的胸脹、身體痠痛，前一日特別疲倦，也特別渴望食物——彷彿有一整套迎接儀式在鋪陳，準備著要恭迎月經大人的抵達一樣；我不再能用意志力去無視它，身體的機制時時打斷高速運轉的日常，它的話語權漸漸越過了腦袋，使我不知不覺地也開始懂得等待，懂得為它的到來做調整，那些有別於以往的對待，精心安排的時刻，彷彿是為一個期待著相見的超級好朋友布置溫暖的房間、準備療癒的食物，那樣煞有其事。

於是不知不覺中，月經不再是惹人心煩、沒事別見面的「大姨媽」，而成為了一個固定約會相見、相互傾吐理解的閨蜜「姊妹」。當它終於在預定的日子裡抵達，望著馬桶裡溫暖腥熱的紅墨之色，在透明的水波裡暈開，散逸成血的流動姿態，會不自覺地微笑招呼：「啊，妳終於來了啊。」為了讓它在的期間舒服一點，我開始懂得觀察、感受、照顧自己的身體，睡前穿上綿襪保暖，出門戴上帽子防風，每日提振精神的黑咖啡換成黑糖桂圓薑茶，對工作的安排保有節制。生理期成了每月一段和自己貼身相處的溫柔時光，從不適中照見身體這陣子默默承擔的壓力，也能夠回應渴望休息的需求，一步一步為身體騰出時間與空間，不再被頭腦和運轉不停的好勝心、追求完美的控制欲所挾持。

直至現在，月經彷彿愈來愈有默契的親密伴侶，每個月造訪相伴，我們因此有了一段溫柔時光。懂得聆聽、感受，陪伴它帶來的訊息，並且漸漸生出感激，讚嘆女性身體的精細奧妙，以及我們與生俱來的創造力、生產力、包容力，如同層次複雜、神祕又充滿魅力的大海，受月亮起落的牽引，而有了週期，有了規律，亦有相互吸引、唱和呼應的自由與熱烈——我遂理解安坐在女人身體的子宮如同一座能量飽滿的聖殿，擁有孕育生命的豐盛與包容；而那衝破幽暗甬道湧流而出的經血，以綺豔、張揚、狂放、原始的紅色示現生命的自由，其實是最純粹的擁戴，亦是最無邪的溫柔。

經前症候群：

《康健雜誌》指出，「經前症候群」是一種身心症，通常在月經前一週左右出現，在身體方面，會有乳房脹痛、頭頸背痛、食欲增加、嗜吃甜食、疲倦易累等現象；在精神狀態方面，可能有無精打采、情緒低落、緊張易怒、性欲降低，或失眠等痛苦。原因錯綜複雜，推測與體內神經傳導物質對黃體激素和雌激素分泌起伏敏感有關。根據蘋果公司（Apple Inc.）二〇一九年推出健康追蹤 APP 後，長達兩年蒐集一萬名女性用戶數據，記錄到其中超過六成女性都有經前症候群狀況，八成以上有腹部絞痛、六成以上出現水腫和疲倦感的身體反應。近代醫學研究更進一步提醒，經前症候群對女性精神層面的影響，嚴重時可能加重既有的憂鬱症、焦慮症等身心疾病惡化的情況。因此，關於女性生理期的身心反應，也許我們對待自己和他人都能予以多一些同理，練習溫柔以對。

花開無懼

我正逛著一個大賣場，穿著一襲深藍色鏤空雕花的無袖洋裝——是我心愛的新衣。我喜歡它不對襯的單斜裙襬，邊走邊感覺裙襬的擺動，有著安靜的開心。我喜歡這一身高雅精緻，卻不免感到難為情，因為太奇怪了，鏤空雕花的洋裝內沒有襯衣，裡頭單著一件高級細緻的黑色丁字褲，這樣對嗎？卻不後悔，我就喜歡這身衣服，穿著它我擁有清晰的自足感。想著再買些什麼來搭配吧……

夢醒，我穿著日常的便服，躺在床上。

晨光中繼續閉著眼睛，暫不想回到現實。那一身高雅性感，真令我訝異。眷戀夢裡那份自愛自足的清爽感，像小女孩熱愛自己選穿的衣服那樣滿意自在。然而眼睛睜開後，卻只想著，老天，那樣穿也太露太招搖！走在大賣場到底成何體統？

成長的路上，我一直深受集體女性意識的矛盾所苦。自小被頻頻告誡，女人的美麗可能招來禍害，女子之身即意味著受害的風險。於是從青春期開始，為了保護自己，我有意識壓制自身的女性特質，打扮得中性俐落，以此向世界宣告我不再是誰的「娃娃」，人說我是小男生或帥妹皆無妨，我不在乎，唯有對傳統好女孩的形象大聲說不，才可能向外探索，發現新世界。

十七歲的我，否定過去那小小年紀，恬靜緘默、聰明懂事、溫良恭儉讓無一不是的乖女孩。「沒有靈魂的空殼！」我帶著銳利的眼，怒瞪那樣的虛空也批判社會對女孩的期待，在心底默默燒毀童年的自己。第一志願的女校中，用無賴嘻笑的臉龐打磨出吊兒郎當，卻沒意識到那是武裝，我很孤獨，不為世界所理解，學校後山的西子灣成為我逃逸喘息之處，我常在那裡坐著發呆，看雲看海，一邊叛逃一邊笨拙地構築自己的安全堡壘。可我遍尋不著安全之地，如果不當乖女孩我要當什麼？倨傲的憤世不羈，其實是表達自己始終找不到適切路徑成長的煎熬。

一個秋日的午後，我翹課在速食店的二樓看小說，紅書包與白衣黑褲的女校制服仍能揭穿我的身分，桌上是便宜的紅茶，翻著課外書，繼續在升學主義與自由精神世界中拉扯，某一刻，我感覺有奇怪的觸覺出現在後方股溝處，整個人瞬間毛骨悚然起來，我不相信，不相信這種森冷的感覺會出現，持續坐在那裡，不知為何竟沒有勇氣回頭確認後方有什麼。

後方會有什麼？也就是一組桌椅，和我眼前這一組，一模一樣。不多時，一樣的感覺又來了——有什麼在我後側下方的股溝處搔動……那是一隻手嗎？誰坐在我後面？

我倉皇不已，怎麼可能？我遇到了什麼事？後面那是什麼？心中無數個驚駭的問號，卻始終沒有勇氣轉身，那訓練已久不可一世的睥睨，此刻完全無法派上用場，深處有種古老而集體的恐慌浮現，冷不防被占領，我束手無策，乖乖被侵犯。到底是什麼令我動彈不得，我不知道。只知那隻無影手來了又來，像在探測我的邊界，我復回到童年女孩的賢淑可愛，被動而僵硬地，任其擺布。

時間像被施了魔法般被石頭高牆圍起來，怎麼推都不會倒。那隻手如鬼魅般不離開，我的股溝一直縮都沒有用，花了好大好大的力氣才有辦法鼓吹自己站起來，卻連後面是誰我都沒辦法轉身去看，縮著身體揹書包離開。

面對後面那股濃重的黑影，我中了保持緘默的魔咒，沒有告訴任何人，我催眠自己這世界應該光明，不願戳破這美好幻象。只是身體記憶了那隻手的陰影，我全都吞忍，不知道為什麼我不會保護自己，不知道為什麼喊不出聲，不知道為什麼無法為公平正義挺身而出，我無法。

仍然是那個，凡事守禮，遇衝突就退讓的小女生。

頭髮再怎麼短、面部線條剛硬、衣服不紮、穿褲裝，都無益於現實。大概就是在那個時候，我對這個性別感到不知所措而痛苦。少女的身體辛苦又危險，我不知如何大方也不知如何保護自己，而我還有諸多理想要實踐要開拓、還有更多夢想要冒險要闖蕩，遠方在召喚，所以我只能變本加厲，更認真令自己男性化，率性乾脆、大刺刺且少根筋，大學時期常獨身到異國旅行，為免家人擔心，我常撒謊有旅伴，事實上並沒有，加上那年紀窮啊，不說二話我會選擇最便宜的男女混居青旅或搭長途夜行巴士，偶爾凌晨揹著大背包離開旅店去搭車，美國無人的街道上，行李箱的輪子在人行紅磚道上拖拉，發出咯嘍咯嘍的聲響，黑暗的城鎮中獨身一人，我深知一切都是我選擇，而我得為自己的安全負責。想盡辦法掩蔽自己可能危險的想像，卻還是邊走邊回頭，不知身後會不會再出現那隻手。

如此用盡氣力遮掩自己，漫長的旅途中，偶遇男人搭訕或示愛，我會瞬間當機，不相信為什麼會這樣，被告白象徵著一種失敗——我已把自己搞得像小毛頭，怎麼可能還中標？

於是對「女生」敏感，所有與女性相關的代表性物品，諸如花朵、蠟燭、精油、首飾、跟鞋……我一律敬謝不敏。日常生活遇到較為嗲聲羞怯、或柔弱無骨的女孩，我先倒退三步；而若有為迎合外在價值旋轉的女性、或有明媚豔麗的性感女子出現，我會嗤之以鼻。告訴自己，不做那樣的女人，卻沒問自己，那要做怎樣的女人呢？

閉上眼，夢中那穿著一襲鏤空雕花藍洋裝的我，隱隱約約露出黑色丁字褲的我，卻那樣開心與自得，若這是潛意識的我，我能接受這與眾不同的女子嗎？

我不自知，我對女性的價值感到混亂且茫然。大學時期初識妳，妳如卡門般明豔大膽，愛穿花長裙，一頭長髮有時是深棕色的波浪有時則又黑又直，面對妳彰顯自身存在的高調，我感到困惑；研究所時期，妳的書櫃上女性主義專書一字排開，我不置可否；妳如海廣深的豐富情史令人眼花撩亂，而我卻無法討厭妳，只因在租屋的廚房裡，妳眨著哀傷而澄澈的大眼睛對我提問：「崇鳳，妳覺得真愛是什麼模樣？」

口吻有深沉的蕭索，帶著和我一樣的混亂茫然。

我的中性爽利令妳感到安全，兩人要好是因為互補。等到我識破自己的偽裝，層層揭開如洋蔥般包裹的自身後，發現裡頭竟藏有溫婉可人的女力，童年的我與成年的我疊合相映，妳看著我脫殼、蛻變，一邊傻眼一邊適應，從剛強到柔軟，這麼蓄起一生未曾留過的長髮。

那天下午我剪去及腰的長髮，如一個成年禮儀式。妳忙問：「不會剪太短吧？」如妳所料，我捨不得剪短，理髮師卻失手，不小心剪到連挽髻都勉強的長度。我對自己失笑，對這會在乎髮型的自己感到疼惜。而今穿長裙攬鏡自照，才略懂略懂妳大學時裝扮自己的期待與雀躍……像我這樣晚熟的女子。

所以，我珍視那穿著性感逛賣場的夢，如一個深切的提醒：我還可以更細緻、更自在，無論賣場般的外在世俗價值觀如何，都能專注安於自己所選所喜愛，道德與尺都在心裡。所謂安全，非出於外在裝扮，而源於內裡對自己的信心與清明。即使暗影襲來，也能信任直覺，敢於拒絕，開口求援。因為這就是我，我不想再含混不清遮遮掩掩，花開有時，沒有花要開卻隱忍著不開，那違反自然，不是春天。

我是女生，晚熟而美麗的女生，若光彩閃耀映人，我很高興我將活力帶給了你，這好不容易才了解的寶藏，該真心以此為傲。撕開層層疊疊的標籤，我把生為女人的尊榮與力量澆灌予這個世界，一如周遭生命按各自的時序破土、發芽、展葉而後開花，盛放過後，換來成熟的果實，自在落土——只因化作春泥，亦更護花。

厭女情結：

泛指女性貶抑傾向。依據主體的性別而分有男性對女性的嫌惡或女性的自我嫌惡，此篇意指後者。因受傳統重男輕女的集體意識影響、長期身處將女性物化的影視文化中、又或身在父權體制的脈絡中成長，而有隱性的性別歧視，即使自身就是女性。會下意識認為女生是弱勢、女生沒價值、女生易受害、女生是附屬品等，甚且認為女生沒用，可能排斥與女性相關的象徵（如花朵）、力量（如溫柔）與意義（如孕育），而產生自我矛盾與分裂。女性作家瓊・史密斯（Joan Smith）在《厭女症》（*Misogynies*）一書中寫到：「『厭女症』是廣泛存在於文學、藝術和種種意識形態表現中的『病症』。」重新看見女性存在的特質與力量，是這時代需要的浸潤。

我的美麗與你無關

「以後，妳會遇到比我更多的挑戰，過得比我艱難。」她既篤定又平靜地對我說，在十七歲的操場上。

我愣愣地望著眼前的高中同學，她樸實扁平的臉上沒有波瀾，寬闊厚實的體型如一座沉穩的山，皮膚黝黑發亮，三角形眼睛搭配低矮鼻樑，雙頰雀斑散發出某種不合時宜的天真，細軟的頭髮規矩地收在後腦勺，當她轉過身繼續往前走時，那束短短的馬尾卻搖曳如拂塵，搭上警鐘式的預言，我一時間錯以為這位品學兼優、ＩＱ與ＥＱ俱美的高中同學是神佛菩薩的化應身，下凡來渡我這一世的情劫。

「為什麼這麼說？」我忍不住小碎步跟在她佛光普照的身後，想再多一點提示來徹悟。她穩重的步伐戛然而止，像是對身懷迷障的信徒充滿悲憫的語氣，悠悠地說：「妳長得好看，別人靠近妳就不會單純；而我沒有這樣的困擾，所以可以省下辨識人的工夫。」她頓了頓，抬眼望著我，充滿同情地抓住我的手臂：「所以妳的人生會比較辛苦，妳要懂得分辨。」

往後想起這一段奇異的對話，我總是非常佩服。回想我和那位資優生同學並不算特別要好，只有一次相約去看棒球的記憶，一向穩如泰山的她對球賽異常熱衷，盡興時跳起來忘情地為選手歡聲吶喊「某某某我愛你」，唯有那樣很偶然的時候，我才會覺得她是和我同齡的少女，而永遠搞不清楚棒球賽規則的我迄今仍像身處盲區，看不懂命運的球局。

我的生命裡有兩類女性的原型：纖弱嬌美的閩南母親和幹練敦實的客家阿婆。她們形象迥異、各有美麗卻互不認同，為此我的成長歷程與女性形象認同發展得既矛盾又衝突。一方面我承襲了母親白皙淨秀的眉眼與高鼻樑，有著烏黑茂密的長髮和優雅光潔的頸項，自幼學習琴棋書畫閨秀氣息，穿絲質襯衫與洋裝上學，上下課有媽媽開著名車接送——父親主張女孩要嬌養，特別重視內涵的栽培，在物質上則不鼓勵奢侈。而溫柔婉約的媽媽總是精心雕琢自己，順服父親的指令和喜好，稱職地扮演「以夫為天」的模範妻子角色。除了個人的飲食喜好與生活習慣之外，媽媽鮮少有什麼力排眾議的獨到意見，一個從繁榮開放高雄港都嫁到簡樸保守埔里山城的閩籍女子，柔弱無骨又敏感纖細的質地，在刻苦強悍的客家婆婆面前，簡直是一壓就碎的瓷娃娃。

同為女子，我的阿婆和母親如天地日月，映照出截然不同的兩種生命質地。而直到此刻書寫的當下，我才恍然大悟自己身上兼容又矛盾的駁雜女性特質，原來源自於閩籍母親與客家阿婆這兩大流域。

於是閩客兩族群的差異在家庭關係裡時不時現形，更劇烈的衝突則深藏在我的潛意識之中。一部分我欣賞著母親優雅脫俗的出塵之美，讚嘆她不老容顏與纖纖細弱的身形，以及性格裡那份惹人憐惜、不諳世事的純真，如同窗前的白月光、溫室裡的白玫瑰，光是存在著就是人間的美麗風景；而另一部分的我則認同著阿婆的評價，崇拜實用主義追求八面玲瓏的手段身段，客家女人頑強、堅韌又幹練，聰慧靈活包辦屋裡屋外大小瑣事，手腳俐落兼顧田間工作與薪柴灶籠，還周到體貼絕不失禮於人。客家女性的美帶有能幹的成分，妳把自己妝點體面的同時，也要能將家務打點得無可挑剔、田埂菜園那頭耕得肥綠豐滿、粿點端出來香甜軟糯——那才叫真能耐。

那時我不明白女子的美可以有千萬種風情，彷彿光譜兩端只有一邊是真理，成長過程中對於自我外在形象總是彆扭糾結，少女心事迂迴敏感，既無法坦然接受他人公開的盛讚（不，我才不美，母親是頂標，你看我差多遠），亦不甘能力表現被略而不談（除了外表，你沒有看見我的才華嗎）。

我無意識地複製了母親的美和純粹，亦傳承了阿婆的幹練和強勢。

然而即便看似是集兩者之大成於一身的天之驕女，人群中耀眼的存在，身邊不乏追求者，亦從未失去選擇，但在情感試煉的層層地獄面前，我仍然惶惶失措、怯於拒絕，難以分清界線。

行至中年，再回頭梳理那些驚濤駭浪的關係，才驚見自己看似呼風喚雨、波瀾不驚的情場老手「卡門」形象下，其實是千瘡百孔的自我厭棄和典型缺乏安全感的焦慮依附。我無法肯認自己的價值和美，需要透過他人投射出來的熱烈目光、趨之若鶩的追捧來證明。

於是在衝破高中升學窄門，如囚禁已久的籠中鳥進到大學之後，多采多姿的校園生活和自由寬闊任翱翔的天空，幾乎讓我目眩神迷。那個時期的我，正如妳所描述的那樣，我肆無忌憚地綻放美麗，創造之門無垠開展，文學的洗禮和青春的解禁同時發生，那是在極度壓抑的高中生活之後，無人阻擋的萬里長征之路。當時我讀黃碧雲，愛她筆下那些性格強烈愛恨分明的女子，嚮往那種千帆望盡皆不是，一生只愛一個人的絕烈。

「妳所追求的自由與完整，是否始終如一？」黃碧雲在《媚行者》裡面的提問，被我列印下來，張貼在掛滿繽紛華服的木頭衣櫃內面，每當打開衣櫃妝點自己趕赴約會的瞬間，那張紙條上的黑字便挑釁似地睥睨我。

彼時我以為愛最大。

一旦心有所慕便飛蛾撲火地給出一切，以為「自由」就是隨心之所欲，而身體只是情感的載體。而當時的我無法描述何謂「完整」，直到某天在紀錄片《搖滾芭比》（*Hedwig and the Angry Inch*）裡看見了「靈魂伴侶」的寓言：傳說遠古時代人類最初的原型是一個圓，有四隻手四隻腳，一顆頭兩面是一模一樣的臉，臉上有四隻耳朵及兩個生殖器。然而某天圓形的人狂妄的自以為是激怒了天神宙斯，於是用雷電將圓形人劈成兩半，送往相反的方向，從此人類一出生就在尋找缺失的另一半，直到找到完全契合的那一半，才擁有完整性——這個浪漫的說法讓我幾乎相信了半世紀，以為真愛的追尋就是找到讓我完整的那一塊拼圖。

或許正因如此，年輕的我總在遇到感覺對的人時，瞬間陷落於熱烈情感中，建立關係後，卻又在相處的過程中感覺到無法磨合的差異，為了追尋所謂「靈魂伴侶」、一拍即合的另一半，我總是用最快的速度離開不合適的關係，持續在我的追尋之路披荊斬棘。我沒有花太多時間去消化關係裡的受傷與失落，不善於好好道別卻熟練地快速離開，直到很後來的後來，我才理解到那樣看似「也無風雨也無晴」的自己，其實是在用麻木情感來保護那個很怕被拋棄、被丟下、被否定的內在小孩，讓自己成為先離開的那個人，就彷彿始終握著愛的主控性和選擇權。

十七歲的操場上，那位高中同學給我的警語，在上大學之後早就被拋到九霄雲外。未經世事的天真讓我沒有意識到不自覺的美麗，也會引來他人超過界限的「好意」。對於純粹情感的信賴與追求，讓我總是願意相信別人說出口的話，尤其是當那個人是熟悉的、令人尊敬、家庭美滿的一個權威型前輩，還是學院裡的老師時，我完全不疑有他，毫不設防地自詡女漢子一枚，任其以田野調查的理由多次相約，毫無遲疑地單刀赴會。我以為對一個人最大的尊敬就是全然的信任，而我多麼死心塌地相信著：可以投身公共事務、深刻社會批判，為不公不義改革發聲、充滿理想抱負的一張嘴巴，絕不會說出荒誕自私的謊言。

直到那張嘴巴堵住了我的嘴。直到他那充滿力量的身影將我壓在床上動彈不得。我才驚呆到無法動彈，關係的錯置和逾越界限的表達，我的腦袋一片空白。

「因為妳太美麗、太耀眼了，讓我情不自禁。」眼前這個曾讓我以為是戰場同袍、革命夥伴的男人，為他侵犯越界的舉動找出正當的動機，信誓旦旦地描述對他而言我有多麼特別、那些高遠理念只有我能懂，所以他才這般心動。可笑的是，年輕的我寧願相信這個答案是真的，如此一來，眼前這個人設崩毀的老師、忘年之交、知音伯樂才不會骯髒到我無法正視；如此一來，我才能夠不毀壞我的純粹和信仰，相信這個世界上真的有真心欣賞、愛護、珍惜我的那種好意，而不是心存僥倖另有所圖。

我懷揣著黑暗的祕密，一直走到中年，才揭開二十幾歲時拼命遮掩、讓自己看起來毫髮無傷、純粹無瑕的那個黑洞，裡面血肉模糊。於是後來，妳記得嗎，當我們談起林奕含，心驚膽顫地翻開《房思琪的失戀樂園》，像打開通往地獄的門，那鉅細靡遺的情節描述重新喚起我用盡全力、挫骨揚灰想遮蓋抹去的記憶。而當林奕含離世之後，後續新聞沸沸揚揚地報導、追蹤、揭露一連串被長期掩蓋的真相時，我才了解到原來有這麼多天真、純粹又燦爛的女子，都曾因為她們「過於美麗才引發犯罪」的邏輯謬論，而在巨大的陰影下選擇失憶噤聲。

因為「美麗」而付出的代價太大，以致我不願意承認失誤，無法原諒自己如此盲目和熱情，而讓他人覺得可以越線伸手向我。比自責沒有保護自己更無法直面的陰影，恐怕是不願面對創傷的怯懦——看清自己遠遠不及外在所呈現的那種勇敢。我可以慷慨激昂地為弱勢者、為環境、為了受壓迫的動物們站上街頭抗議吶喊，卻始終不敢為他人施加在我身上的暴行、為那個受傷沉默的自己發聲。創傷後壓力症帶來的陰影籠罩多年，曾經在內在宇宙炸裂成碎片的感受和情緒，使得自我懷疑、自我否定、憤怒、無法與他人親近等各種情緒如群魔亂舞，反覆啃噬磨損自己。我花了好久好久（彷彿經歷一個世紀之久）的時間，才慢慢回頭一片一片撿拾、拼湊、指認。

在那之後我長出了戒心，美麗依然易招風雨，但我已逐漸懂得分辨什麼是真心的讚美，哪些是暗有所指的企圖，學習如何保護自己，不怕尷尬地在模糊地帶裡畫出界線，明明白白地拒絕，並不再為了求全而有所屈折。

我的強悍在於折傷之後還能長出新的純粹，唯有對偷渡的曖昧寸步不讓，才能理直氣壯地對世界繼續溫柔。某個瞬間，當我再想起黃碧雲那句關於自由與完整的提問，才體悟到真正的完整來自於自己：沒有其他人能完整你，除了你自己。

而關於「美麗」的警告和詛咒，我終於能理直氣壯地回敬一句，「我的美麗與你無關」，正如那些施暴者的失控、欲望、暴力都是源於他們內在的缺乏與侷限，與我無關，也不該是合理化罪行的理由。

完整的自我也許包含承認自身侷限、接納隱藏的卑劣，並擁抱自己的黑暗，那是得歷經千刀萬剮之後，再重新指認真實自我的艱難道路；然而，它也指向真正自由的所在。

創傷後壓力症：

創傷後壓力症（Post-traumatic stress disorder, 簡稱 PTSD），又稱創傷後遺症、創傷後壓力症候群。是指人在經歷外力造成的嚴重事故，如受到死亡威脅、嚴重傷害、恐怖攻擊或性侵事件等，之後所引發恐慌持續一個月以上的精神疾病。常見症狀包括不斷反芻思考、產生幻覺或惡夢、反覆重現受過的創傷、迴避社交生活、情緒低落甚至對人際關係的相處感到不安。展現在身體的反應包括有血壓和心率升高、呼吸加快、肌肉緊張、噁心和腹瀉等症狀，甚至難以專心及明顯出現睡眠障礙。除了藥物之外，心理學亦發展認知療法，暴露療法和居家生活調整等方式提供治療。

白雪之毒

記得，那是在多年前的海邊，陽光正豔，我們聊起這個既往，卻因故事過於殘暴不堪，空氣顯得緊張又黏稠，我始終沒能找到精準的詞句回應，我不知道說什麼才是合適的、不傷人的。彼時年輕，儘管我已花了多年消化這個真相，依舊感到費解。好友遭權勢性侵，而侵害者是我頗為敬重的老師。這不是小說、不是電視劇，我所以為的世界瞬間崩毀，面對妳倉皇莫名的臉，我無能接住妳，只因我也跟著墜落。

女性自我意識發展的道路上，最艱難是，當眼前崇拜的英雄轉身變成野獸之時，我們有沒有辦法面對現實，認清對方同時是狗熊，揮刀斬去那股崇拜，見證幻滅。接受幻滅痛苦至極，因為幻滅之火會將我們熊熊燃燒，而設若我們咬牙浴火，痛不欲生也不死，那麼重生的自己，也許就是最初崇拜的，那真正的英雄——也許所有的愛慕，都不過是投射出我們內在未被實現的那一面。

畢竟女孩和少女的世界是那麼單純，一切太深奧也太艱難了，如果可以，我們多想相信，童話不會崩壞，世界甜美如詩，就像芭比娃娃那樣。

我是一個非常喜歡玩芭比娃娃的孩子，童年時期，我總將芭比娃娃收藏得妥妥當當，時不時就拿出來梳頭、為她換鞋換裝，我喜歡完整和秩序，我的芭比娃娃也是，端莊美麗、高貴無比。我妹妹的芭比娃娃，卻有截然不同的命運：妹妹總把芭比娃娃的頭髮抓得像爆炸頭，穿奇怪極具實驗性質的衣裝，有時，她會把芭比娃娃玩到手腳分離擱置地上也不收——而今想起，不禁莞薾。妹妹從不害怕破壞，我卻非要完好如初不可。

這使得我的父親相當看好我，不只是父親，舉凡身邊的親友師長，都喜歡我，我盡其所能表現良好，以博取他者關愛，像蒐集貼紙一樣，愛愈多，我的自我價值感就愈高。一板一眼的父親，對其生活細節有嚴格的規定與要求：脫鞋後鞋子要整齊、書桌要整理、洗澡完窗戶要開、衣服要疊好。有一回他示範棉被四角如何摺成如豆腐一般方正，妹妹摺幾回達不到標準就逃跑，就算喪氣也不想回頭。我卻不是，仔細觀察爸爸的手勢，摺一遍不行，我更專心，第二遍便漸入佳境，父親讚賞和滿意的神情，是我童年賴以維生的光照。

後來，父親自己也忘了這高規格的豆腐被，他沒再強調，我卻一樣每天管束要求自己，把棉被摺得方方正正，等待被認同，卻發現根本沒人在看（母親的標準只要有摺就好），妹妹都隨便亂摺不當一回事，我摸摸鼻子，微微失落，萬般不捨放下這練習。

敏感幼小的我，多數行為模式的建立，皆出於回應外在期待。沒有人告訴我如何確立穩固的自我價值，只知時刻討好，做到父母親滿意。可惜父親的標準無彈性可言，其陰晴不定的脾氣常令我受驚，面對他嚴峻而不由分說的論斷、毫無預警落下來的巴掌，我的眼淚常像斷了線的珍珠，頓失語言能力。記憶中每當三班制的他好不容易回家，我都嚴陣以待，重新巡視一遍自己的書桌和床鋪，像梳順芭比娃娃的長髮那樣梳順自己的所有條件，只為博取爸爸一聲讚揚。漸漸地，我感到疲累，會提前問母親：「爸爸今天回家嗎？」如果他不回來，姊妹就放大假；如果他要回來，就繃緊皮待命。

叛逆的青春期，儘管倔強孤傲，只要與父親一言不合，他任何的質疑責難仍能像劍一般刺穿我，中心虛空的我總是失語，眼淚比我更會說話，哭花了臉讓家人失笑。妹妹輕嘆：「姊，妳就是太認真了。」我不知所措，任眼淚流淌我真正的聲音，除了討好別無他法，這父親拒絕理解之聲。

你希望我怎麼樣？我給你，只求你不要生氣、不要否定。奮力迎合的最後是完全丟掉自己，最後卻因對方感受不到真實而皺眉。請不要討厭我，我要夠好才會有人愛，儘管這些愛都是有條件的，但是沒關係，我會繼續努力，如果我不好，那是我的錯。

幻影之愛有兩種：一為楚楚祈求，賣萌，名為白雪；另一則慣於索取，賣豔，名為紅玫。我是中了白雪的毒，長期以來生存的恐懼便是害怕不被喜歡，不被喜歡是一種否定，被否定自我就會消亡。

妳記得嗎？那個早上九點鐘的故事。

那天我自美濃搭乘客運前往臺南，趕赴與妳一起去阿里山兩天一夜閨蜜之旅的約定。然而客運未能準時抵達，車上恍神的我發現時已逼近九點鐘，同時車也已逼近終站，想著讓妳等一下無妨，下車之時是九點零三分，我再走五分鐘來到妳指示的停車處，一上車即感受到妳的不耐：「為什麼不先說一聲會晚到？」沒能及時理解停車困難的窘迫導致妳出聲詢問，只感覺這句話似有責難，是我有疏漏？我試著解釋：「我沒有想到，而且只差幾分鐘沒有很多啊……」隨後我倆即進入一場論辯之戰，妳急切表達火車站前妳有多困難停車，並明確指出妳認為更好的辦法。但我陷落在自己不明所以的困頓中，我做錯了？事情已過，我不可能回去修正：「沒辦法，我沒做到。」也許是受害者姿態激怒了妳，面對妳愈來愈強烈的不解與憤怒，一股深沉的無力感襲來，高張的情緒讓我落入童年輪迴：是我不好，我讓妳生氣，怎麼說都沒有用，我說不出妳想聽的話，不符合妳的期待，我應該離開妳的視線。「我不要去（阿里山）了！」我的身體頹喪地往後一躺，對妳宣布。妳滔滔不絕的嘴瞬間止住，轉頭愕然看著我，笑得好蒼涼。

開始說好話迎合妳，但妳不想聽，而內在有另一個我為自己的迎合悲傷不已，但我多麼害怕妳的憤怒以及否定啊，九點鐘是個引子，我不明白僅僅幾分鐘之差就牽引出好友的不舒服，這和童年只因些微之差就招來父親的盛怒不謀而合，我被兇猛與嚴厲淹沒，盡其所能穩住自己，卻還是往下掉，我搞不清楚妳要什麼，在我搞清楚之前，我已表達困難，遍尋不著正確措辭，最後只能打開車門衝出去，蹲在路邊放聲大哭——我做錯了什麼？我找不到我自己。

眼淚鼻涕糊成一團，地面上的水溝蓋都顯得飄忽，我在潰堤的情緒中意識到父親殘餘的陰影，就在這裡，我被凍結了。即使臨近中年，仍渴求嚴厲身影的肯定，無法溝通卻讓我絕望無比。

彼時妳坐在車上，被我的反應嚇壞了，妳認為妳不過就事論事，這種狀況若能提前告知，一切會方便許多……那段日子我們過得不是太好，妳深受憂鬱所苦，我跳脫不出陰影，帶刺的兩人相處，時常一觸即發，各自懷著千瘡百孔的破碎心靈踽踽獨行。

童年是一條嗚咽的長河，嘩啦啦流著源源不絕的眼淚，直到我不想再賴此為生。討好是一種軟弱，只要符合對方需求，就可以證明被愛，我怎麼可以這麼懶惰？迴避自己真實的面容。歷史上從來沒有誰可以活得盡如人意，看清楚妹妹拆解芭比娃娃時嬉戲的神情，瓦解或分離都可以再重組，那另一種自在。人生如夢一場，不非得怎麼樣不可，被皺眉、被討厭、被指正均是「現象」，如同肯定與讚揚，這些外在現象不影響已確立的自我價值。

如果有一天，無須再以討好去確認自己被愛，那麼我會很輕鬆吧？

白雪怯生生地，在自己身上點染鮮紅色的胭脂，一點一點——那是生命力的象徵，每一抹紅色都在宣稱：我愛妳，無關乎妳的回應，而是因為妳是妳。

討好型人格：

下意識習慣當「好人」，不喜衝突、害怕被拒絕、也不擅於面對真實。無可控制地習於退讓與遷就，若對方有脾氣或態度強硬，會順應他者需求犧牲自己的需要或想要，不自覺地取悅對方。因擅長回應、有求必應，長期下來，人們可能將其視為理所當然，因「很好說話」且「面面俱到」，相當好用。但多方迎合其實疲勞，討好者靠爭取周遭認同、讚賞與肯定，以確立自身價值，看似是一種安全模式，事實上，是能避免被拒絕與傷害的逃避策略。多基因於過去「有條件的愛」的成長環境，只要能滿足大人需求就可以被愛，違背忤逆則可能被斥責或懲罰，為了被愛，致力於讓大家喜歡自己，卻忘了自己是否對自己喜歡也認同，這是討好者深埋的哀傷。

公主徹夜未眠

在妳追問我的公主原型時，我想了許久。

若在心理學的自我分析裡面，每個女孩生命裡都有個公主原型投射自我，我既不是賣萌的白雪，也不是賣豔的紅玫，沒有一個西方童話故事的公主在我腦中，第一時間躍出的反而是代父從軍的花木蘭。

花木蘭不是公主，她是庶民的女兒，果敢堅決又有不輸男子的力量，能為深愛的家人挺身而出，在陽剛的軍旅之中裹胸紮髮喬裝為男子，她不服從女子只能從父隨夫的傳統命運，在封建時代中勇闖禁忌，只為一個證明自己的機會。木蘭的故事傳到西方，成為迪士尼塑造的另一種公主，東方女子的神祕與剽悍成為西方觀看的一種典型，而我確實更喜歡《小婦人》（*Little Women*）

裡獨立倔強的二姊喬（Josephine "Jo" March）、《紅樓夢》裡能幹又明事理能治理大觀園的賈探春、以及《倚天屠龍記》裡機智過人還能統領江湖的蒙古公主趙敏。這些不讓鬚眉的女性身影，從我的童年到青春期，都比柔弱受寵、備受保護的嬌貴公主們更令我傾心。

相較於多數女孩，我似乎沒有喜歡過芭比娃娃，也無法理解扮家家酒的樂趣。我的童年沒有玩伴，四、五歲時為了學音樂，爸媽將我委託給遠在桃園龍潭開設音樂教室授課的姑姑們，讓我跟著學鋼琴、古箏，在音樂教室樓下的幼兒補習班上課。彼時姑姑們都沒有結婚，她們繼承了阿婆客家女性強悍獨立的個性，無須依靠任何男子獨自創業，工作繁忙之際當然也沒有多餘閒暇照顧我。為了不成為姑姑們的負擔，幼年的我就懂得看臉色、當助手，知道何謂見機行事。

每天早上自己定鬧鐘起床，綁好馬尾或髮辮，揹書包下樓就是上學了，順手把美式咖啡機的粉末與熱水裝填好，姑姑們的早晨習慣以咖啡醒腦，而我懂得讓自己成為有用、體貼的小大人。成年後常聽到姑姑們仍提起當年我和她們同住的那幾年：「妳從小就很會自己打點自己啊，都不用別人幫妳綁頭髮、紮辮子，自己就會款好好去上學。」「補習班老師都很喜歡妳啊，鬼靈精一個，『人人好』又愛笑，還很有禮貌，根本就是小馬屁精嘛！」姑姑們喜歡各種揶揄我，因為我開得起玩笑，而且懂得如何討人歡心。

和外型、性格與我迥異的妹妹並列，不說沒人知道我們是姊妹。自幼便忠於自我的她叛逆又孤傲，媽媽說她出生就很有個性，稍不如意便哭鬧不休，搞得連日疲於工作的爸爸差點崩潰理智斷線將她摔地上，姑姑們對於妹妹的臭臉則始終敬而遠之，家族裡受歡迎的孩子只會是我，偶爾在我長袖善舞、歡聲笑語的家族聚會裡，笑臉盈盈轉身對上角落裡沉默陰鬱的妹妹，她會恨恨地跟我說：「妳最大的優點就是很識相。」聳聳肩，我從不否認，我知道而且我願意，那是一種能耐呀，也是力量之所在。

我需要人群，需要掌聲與舞臺，也需要「被需要」。

我的「公主病」不在驕矜傲慢或玻璃心，而是習慣成為群體裡的核心，渴望存在被看見，不可自抑地想要證明自己，有高度的慕強心理（Hypergamy），對於服從他人感到不置可否。力求完美、暗自較勁成了我的病，我並不知道的是過早被迫長大的那段童年，讓我敏感且早熟，不知不覺中「有用才會被愛」的魔咒緊緊包覆著我，而得到眾人擁戴的那種關注、信任和託付，則是我一顆一顆鑲嵌在王冠上的寶石。

我的公主原型不是等待被拯救，而是等著被征服。

高中音樂課偶然聽到帕華洛帝（Luciano Pavarotti）唱著〈公主徹夜未眠〉（Nessun dorma），男高音氣勢磅薄的渾厚深情，讓我瞬間震懾落淚。彼時聽不懂劇目的內容，也沒有偏愛古典歌劇，獨獨卻被這首曲子撞進了靈魂深處，才第一次知道原來音樂無國界的感染力這麼驚人，就這樣埋下了故事的線頭——翻找查閱這段義大利歌劇家編寫的中國故事，如冰似火的杜蘭朵公主（Princess Turandot）剎那擄掠我的心。

妳知道的，我迷戀複雜幽微的詩意和層次感，不愛單刀直入的表達，大霧瀰漫的森林與光照不進的深海都更接近我的質地；有別於西方童話故事裡純白無暇、天真優雅的公主典型，帶著傷痕、心狠與美貌兼具的杜蘭朵公主像黑洞一樣吸引著我。

於是明白公主為何徹夜無眠，不是因為王子捧愛來拯救她的感動，而是對於失去自己主體性的恐懼，她背負受傷的過去，身上重疊了祖母的身影，擁有不輸男子的治國能力卻被愛所背叛。於是她將自己武裝得比任何男子都強悍，如一團烈火封在冰裡，當她面對王子身世之謎的挑戰陷入僵局，便下令全城的人都不得安睡、苦她所苦，共同追尋那個不陷進去無法解開的祕密；直到王子願意以全然的交付向她獻祭，公主才選擇了最後的答案：轉身去愛。

小時候我以為是王子的聰明機智，通過三道謎題的考驗，征服了杜蘭朵公主；但長大後再讀故事細節才發現，其實自始至終就是杜蘭朵公主的自我修復之路，面對傷痕累累內在暴烈的公主，唯有無條件的愛能讓她臣服，願意與過去的恐懼和解。

而這也正是我在情感世界裡窮盡力氣、撲火般浮沉於追求光照之後，理解到自己內在冰火不容的矛盾來自何處。回看前塵不斷重複的迴路模式，在展現自己力量的同時渴望被認同，一方面等待勢均力敵的追求，愛上一個人的條件是他能讓我折服崇拜，一旦進入關係，又不願為了求全而犧牲妥協，兩相拉扯針鋒相對直至破裂。

較量和攀比從未消失，在所有的關係裡，我是爭寵的公主，靠外在投射來看見自己的光亮，於是不知不覺成為團體裡的「C位王」，一方面享受被所有人寵溺疼愛的優待，另一方面卻也為了不失去愛而背負所有期待，頂上鑲滿寶石的皇冠愈來愈沉重，愈光芒萬丈就愈如履薄冰，鑲嵌在生命裡的愛幾乎成為折斷頸項的榮寵。直到無法再分辨哪些是自己真實的面貌，曾經的信賴與失望成為最後一根稻草，使我棄械負傷而逃，一度陷入絕望的空茫之中：如果我沒有了群眾，沒有了舞臺，我是否依然耀眼？

征戰沙場凱旋歸鄉的木蘭身影再次回到我的面前。

當她贏得了榮光、證明自己之後，卸下重重束縛軍甲換回羅裙荊釵，她依舊是那個充滿力量的平民女兒；看似一趟代父從軍的忠孝兩全之舉，其實是木蘭自我實踐的一趟英雄旅程。如同杜蘭朵公主始終是故事裡的能動者，唯有回身直視自己內在的失落與恐懼，拾回自愛的能力，我們才真正從公主的角色中脫解，因而擁有溫柔與堅韌的勇氣，去愛、去追尋、去穿越、去經歷，成為不需要皇冠便能自在閃耀的那顆恆星，即便徹夜未眠，也不再失去方向。

張卉君

公主病：

公主病多數被認為是具有貶意的流行用語，維基百科上指其為一個在東亞（韓語공주병）和東南亞地區（越南語 bệnh công chúa）流行的形容詞，定義仍非常模糊，大抵指某些人行為嬌縱，有問題總是歸咎他人，缺乏責任感等，亦有一說是彼得潘症候群（不願長大的大男孩）的女生版，常在網路上被運用和討論。而童話、神話和夢境等素材在心理學和精神分析領域中常被廣泛運用，童話中的女性也成為古典榮格學派分析師在論述女性自我認識的重要象徵。

打落民間和血吞

西方童話故事中，不論是哪一種公主，為了追尋與成長，多數會離開城堡，歸來才擁有自己的人生。

於是我始終記得那個深刻困惑又覺悟的瞬間，在十五樓母親新買的房子的浴室，看著鏡中自己的素顏，感到茫然且孤獨無比。彼時大學甫畢業，母親來了一通電話，告訴我她買了間新房子，在同個社區大樓的不同樓層，如此我畢業後也不用擔心房間不夠，放心絕對有家可回，而且有獨立寬敞的空間供我使用與發揮。

事實上，我未曾留心考量回家的選擇，母親卻懷著浪女不歸的深刻憂懼。一向精打細算的她表達愛的方式，是盡其所能給予豐沛的物質條件，從華美的衣裝到一間房子，這無遠弗屆的照顧背後，有著高度對孩子的期待。令人難過的是，我清楚自己終究不會成為她所祈願的那個樣子：我不會是老師、不會有穩定的收入、不會成為穩紮穩打的公務員，為了這些「不會」，便拒絕原生家庭物資的挹注，拿取和依賴會令我內疚，寧可自力更生、克勤克儉，就算沒有後盾，也要獨立完成個人的放逐與流浪。

畢業那年夏日，再沒有學校讓我飛得天高皇帝遠，將租屋的個人物品搬回高雄，告訴自己這只是「暫時」。卻讓我照見自己在這個家的存在有多麼奇怪，住進母親精心打造的新屋，走入浴室梳洗那一刻——鏡中自己那雙堅毅的眼，目光指向簡單質樸、與自然相親的生活，然而在這裡，洗手臺水龍頭閃著銀光、亮潔的沖水馬桶、嶄新而蓬鬆的毛巾、精選的洗髮乳沐浴精、名貴的保養品，我想起一進屋玄關右側高低櫃上的百貨公司型錄、王品牛排店的生日優惠卡，問鏡中的自己：「妳真的是這個家的孩子嗎？」穿到領口都起荷葉邊的T恤、一件破了又補補了又破的黑長褲，不無悲涼。為什麼自己這麼格格不入？渴望的未來與價值觀和家人是那麼不同。我是一隻醜小鴨，處在白天鵝的巢穴中，那麼突兀、那麼詭譎。

奇怪的孩子，缺的不是愛，缺的是認同。

為了創建自己想要的生活，離家求學的漫長歲月裡，我把自己當灰姑娘一樣訓練。吃苦耐勞、刻苦克難是成就未來的基本馬步。只因雙親反對出外闖蕩的任何冒險，只得切斷與原生家庭的連結，小姐出走去流浪，一無所有之時，竭盡所能省吃儉用，以謀得生存。

自大學開始，面對生活所有關於金錢所需的決策，我的原則只有一個，「便宜至上」。舉凡租屋挑房間、菜單選餐點、搭什麼交通工具、到日常用品選購，我不太過問自己真正所想，一律看向金額最低處。這種生存機制養成後，也忘了自己喜歡吃什麼、渴望用什麼，委屈求全太容易了，只要便宜，一切好說。愈克難的環境，愈能激發我求生的意志，鍛鍊出低廉生活的適應力，自然而然，我熱衷舊物再生，並在重複使用或翻新再造的過程中感覺生命充滿意義。妹妹知道時可樂了，城市少女如她，把握我偶爾回家的機會，把衣櫃裡不穿或不再喜歡的衣服通通送給我，我不好意思，妹妹拍拍我說：「不會啦，我很感謝妳，這樣我才有空間再買新的啊……」我不能理解，就像不明白為何要耗費高價一嘗傳說中的美食。相較於妹妹的大方，我對自己吝嗇至極，想喝杯三十五元的波霸奶茶，都在同一條街道上反覆來回騎車考慮，「想要」與「需要」之間到底該如何取捨？偶爾回家，看到母親與妹妹的血拼成果，感到困惑和遙遠，更多，是不在主流世界圈的寂寞。

只是專注節約，積少成多，慎重以待，存下來那一點點錢，盡數花在精神世界的探索與踏查：登山、旅行以及出國。無奈這耗去的時間並非一天兩天，其中還有吃住交通要打理，好在登山以雙腳步行，裝備多數由學長姊傳承調借，為了走更遠的路，大學生吃苦耐勞不是什麼奇怪的事。藤蔓荊棘纏身、風吹雨打均為常態，不知不覺，受苦受難成為必然，我將之內化成天經地義的英雄之旅，織就一套極簡而崇高的生存法則，並將之應用在旅行上，一個大背包、一頂帳篷、一顆爐頭，加上成年後許可的機車，下山之後，自島嶼之南朝島嶼之東的藍色太平洋而行，依山傍海之間，大風中問自己是誰。

我記得的，大四為了出國，課後兼三份打工：餐館服務生、研究室助理以及家教。日復一日奔跑並記得轉換不同的跑道，灰姑娘咬牙，不求外援，只求自己。買到最便宜的機票時，在電腦前面歡呼。

「用最簡單的方法走最長遠的路。」我專注構築這高強的信念堡壘，鮮少關注自己的身體覺受。仗著年輕，身強體健，飯可以少吃，險不能不探。只要有多餘的時間與金錢，便望向更高的山、更長遠的旅程，化身為彼得潘，不停飛翔闢建我的夢幻島，演得很好極其入戲，壓根忘記自己曾為公主。勞苦慣了，畢業後回到父母一手打造的富麗新居，應有盡有我難以適應，不敢告訴母親，唯恐這事實傷人。直到臺東某藝品店老闆提及徵人訊息，我便打理行囊，揹著大背包又跨上機車，再次啟程，頭也不回。整整九年，在花東學習半自給自足的生活，打工、採訪、寫稿、幫農……這有一餐沒一餐的困頓，始終沒讓母親知曉，我得過得快樂，以證明自己所選值得。

那年夏日，花蓮租屋的後院，香蕉開花結果的時節，記起老家美濃的鄉間也有相似的氣味。阿媽（祖母）勞動下田的瘦削身影依稀可見，客家硬頸精神的血脈，許是不知覺繼承下來了。曾覺得老人家沒必要如此，省吃儉用不懂享受，而今猛一回頭，那克勤克儉走極端的，竟成了自己。才恍然寬以待人的阿媽何以待自己如此苛薄——即使現在有餘裕創造更好的條件恩寵自己，習慣簡約的我也難以下手。

捨不得呀！那是慣性。灰姑娘的日子過太久了，而今有條件奢侈一點，卻難以抬頭：我值得嗎？我配得擁有更好的選擇？打落民間和血吞的公主，信奉極簡法則以實踐自我，歸來卻忘了，人生而就是來體驗與享受這個世界的。

節儉成性：

節儉成性的人可能出身自勤儉家庭，或深受捨不得花錢在自己身上的長輩所影響。因為自小看著敬愛的爸媽或祖輩縮衣節食的態度，將其複製在自己身上，對金錢錙銖必較，其實可能是覺得自己不值得吃更貴的、用更好的。即使雙親供應孩子的物質生活是大方的，孩子卻可能觀察到父母對待自身較為苛刻的雙重矛盾，而顯得更有壓力。即使當孩子長大後有不錯的收入，也難排除掉對「金錢不夠用」的恐懼心理，而拼命節制自己用錢，與金錢的關係始終緊張，而忘了可以跟錢當好朋友，生活本有進有出，要對自己賺錢的能力有信心，對金錢的存在感到自在與舒服，好的食物與物資是成就舒適生活的良伴。

與其說念舊

「劉崇鳳，妳知道這罐要多少錢嗎？」她睜大雙眼，拿起妳棄若敝屣的保養品：「妳不用的話，給我。」「我媽去百貨公司買的啦，玻璃罐很重耶，又不實用！」一邊打包上山的行囊，妳不耐又無奈地奪回她手上那罐昂貴的面霜說：「好啦，我拿來塗腳好了。」妳不懂母親擠進週年慶隊伍裡買給妳的專櫃保養品價值，如同母親無法理解妳像苦行僧，扛著高過頭的大背包在淒風苦雨天候攀登高山的精神追求。

在大學時代共居的那棟透天老宅（我們喚它「歡喜樓」）裡，總上演來自各別家庭背景而參差各異、南轅北轍的價值觀差異對話，使我們意識到彼此的不同與相似，那些遺傳自家人身上的慣性、對待物件的方式、理解價值的角度，開展了彼此的對話與思考，在共居的生活細節中時刻顯影。

在家庭給予的物質條件基礎上，我從來不覺得妳是「灰姑娘」，只覺得妳是把自己一身塗滿泥巴的野公主，備受寵愛卻總想逃離。每當趕著上課，打開鞋櫃穿上一雙三百元的無牌帆布鞋時，旁邊精美鞋盒裡擺放的是一雙雙五顏六色的名牌真皮休閒鞋。問起時妳會撇著嘴不在意地說：「那是我媽買的啦，因為我會流腳汗啊，她就會買真皮的給我……」母親與妳的關係課題時時閃現，從妳總帶著嫌棄和輕鄙的語氣和表情裡，我彷佛看著公主推開母后送來的一身昂貴華服，吶喊「妳不懂我想要的」！而平民之女的我雖讀不懂品牌發音、記不清專櫃樓層，卻看得出物件不凡的品質，與母親透過她認為最好的給予，向妳獻上幾近討好的寵愛——我不曾向妳說起自己內心的羨慕，那樣嬌養與奢侈品的滋潤，是我從未有過的對待。

和妳同樣有著客家的血脈，我在山村生活的童年深受客家阿婆克勤克儉的慣習影響，知道掙錢不易，資源很有限，不是不能花，而是要用在刀口上。家裡都是女孩，年關前爸爸會事先撥一些零花錢，作為媽媽、妹妹和我的「治裝費」；有時遇到當年經濟不景氣，爸爸還會鄭重地對我們說：「今年錢不好賺，大家要共體時艱！」預算交在媽媽手上，帶著我和妹妹去往市區的商店街買新衣服，百貨公司是昂貴的過街櫥窗無法走近，我們母女廝殺的戰場是一件一百元的青春花車，從大量複製、品質粗糙的流行成衣裡挑揀心喜的款式，像參加日本綜藝節目「挑戰日幣一萬圓過一個月」的那種錙銖必較，還不忘在選購自己行頭同時，為「犧牲小我完成大我」的爸爸也挑一件風格合宜的運動衫，再買雙高雅手套作為阿婆的新年禮物。

在既定的預算之內發揮到最大價值，與其存錢買一件高單價的毛衣，不如選擇多件組合還能打折的出清商品——彼時尚未有環境成本的概念，只想要為正盛的青春多備一些花俏的妝點；連發育期的內衣都是在批發工廠裡買的，媽媽總說：「小孩子不用穿太貴的，很快就淘汰了。」一邊從容地轉頭向商販砍價，每到結帳的時刻我和妹妹都要尷尬地迴避，深怕流露出太想要商品的神情，以免讓媽媽為難。對欲望必須節制，非必要的東西不要多買——但愈是在這樣的耳提面命之下，就愈常想挑戰低價的底線，如果能夠用更少代價換得更多東西，格外有成就感：「缺乏」成為某種根深蒂固的恐懼，有總比沒有好、多一點以防萬一、先存放起來以備不時之需、還能用的東西不要輕易丟棄。在這樣「未雨綢繆」的心情底下，家裡的物件通常只進不出，不是因為貧窮，僅出於物盡其用的節儉，總捨不得丟。

不僅是自己使用過的物件、書籍無法丟棄，總是重複再重複地利用；連他人想割捨的物件都讓我們覺得太可惜。於是，親戚朋友衣櫃裡過季的名貴二手衣成袋送來、媽媽年輕時穿的經典樣式跨時代又重新流行，加上每年最新趨勢的街頭元素被我們挑撿回家，媽媽的衣櫃從一個小房間氾濫出來，在我和妹妹離家之後的空間裡成為新闢的伸展臺。

成年後隨著工作流轉不斷位移的「居遊」方式，常讓我在過年返鄉前，得要同步收拾二至三個居住空間：租賃的住所是近期生活的場域，得花最多時間整理、鮮少回返的原生家庭則堆疊著從出生後就不停增長出來的各時期物件，一探進去彷彿打了一柱地質探測儀，依年代裝箱封存的物件裡，切片般地展示著生命的斷代史。某年短暫搬家回去住，還從塵封的儲藏閣樓裡，硬是拖出了我出生時的嬰兒車——藤編材質與木製把手即便過了數十年仍散發著天然的光澤，只可惜家族人丁單薄並未枝繁葉茂，老式的嬰兒車塵封在記憶裡，模糊到幾乎沒有人記得，連媽媽看了也恍如隔世。

惜物、愛物、儲物，家人們嚴禁浪費，連出席宴客場合或外出用餐，剩食打包回家再烹煮都能吃上好幾頓，彼時家裡收養了多隻流浪狗，爸媽隨身帶著回收再用的塑膠袋，在流水席人潮散去之後，細細挑揀著豬肋雞骨，惦記家中眾犬貪吃的模樣：「哇，這個雞腿骨是小黃的最愛……喔，那個豬大骨留給小黑啃……」杯盤狼藉的剩餚殘羹裡，彷彿仍遍地珍珠。就是這樣的克勤克儉，讓我的阿婆、父親、母親，一生之中總過著節制有度的生活，也影響著我的價值觀，以及對物質難以輕易割捨的某種執著——很久以後我才明白，太豐盛的擁有反而會讓人遺忘真正重要的是什麼；而太害怕失去也假設了無盡需求：明明已經過多，卻還是害怕不夠。

年輕時和妳成為室友、旅伴，學習妳登山社打包的極簡模式，阮囊羞澀仍想極盡所能地跋涉，完成了一趟又一趟艱苦卻趣味橫生的長途旅行。東海岸開始，到一起走遍中國邊疆，甚至後來自己去了美國和香港，刻苦、勒緊褲帶、省吃儉用、走得到就不搭車的旅行模式始終跟隨，時間與金錢成了最需要衡量計較的關鍵，彷彿天秤的兩端，想要多待幾天就要更省一點，總是用最緩慢的速度抵達更多的地方，卻沒想過用價格衡量背後的價值，有些是無法等價換算的。

不甘總是得要克制欲望，過得如此受限，對於金錢我更想要隨心所欲一些，保有選擇的空間，而非委身在「不得不」的憋屈裡。受夠了斤斤計較的步步為營，與其在細微的價差裡小心翼翼推敲、為了省一點而繞路或在太陽底下長長地苦行，我開始寧願多付出一點，只為了讓旅行的過程舒適一些。

金錢課題的「解嚴」，在近年才得以發生。

某日返家我帶著一瓶友人贈送的紅酒，與爸媽在飯後的餐桌上難得共飲，已過退休生活的父親輕啜著琥珀色的葡萄酒，突然感慨道：「人生真是不曾好好地享受。別人餐桌上常見的佐酒，想想我們也並不是真的喝不起，怎麼從前都那麼捨不得？」我和媽媽相視一笑，明白在過去長年生活裡壓抑著對物質的欲望，一心守成的戒慎恐懼，終於在晚年才得以稍稍鬆脫，不禁為那些隱忍的日子感到心疼。在捨與得之間、在俱足與匱乏之間，我們錯過了多少當下，為滿足那無可預測的未來？

而今，我漸漸懂得在有限的資源之外，偶爾超支一點點，嬌寵自己，也更常向家人、朋友慷慨以對。學習「斷捨離」的智慧，大刀闊斧地將過多的物件轉贈、拋除，以換取空間的闊綽與心靈的餘裕；即便需要付出更多代價，也不妥協心裡真正想要的。關於價格與價值的金錢課題也許是一生的功課，但至少我們已經懂得不虧待自己，亦不貪圖便宜。

囤積症：

維基百科對囤積症的解釋，是指一種強迫行為，或稱儲物症、強迫性囤積症、病態性囤積症、棄置恐懼症，會過度地收購或收集物件，即使是不值錢、有危險性或不衛生的物品，不過也有些是屬於可能有用但是閒置的物品。在美國醫學學會二〇一三年出版的《精神疾病診斷與統計手冊》（*The Diagnostic and Statistical Manual of Mental Disorders*）第五版中，對囤積行為帶來顯著的壓力及干擾或妨害到正常生活的運作，與結合強迫症、恐慌症等心理狀況被進一步分析、定義為精神科疾病。

百變女郎養成記

吃苦耐勞久了，久到把諸多苦痛皆視為理所當然，我以為，這是攀登人生的大絕招，只要吃得苦中苦，終將成為人上人。

於是我不怕吃苦，生命歷經再多苦勞都是正常，若有不苦即逢甘美，我會懷疑，認定這甘美的果實絕不是我應得的，所有想抵達的地方，都必歷經千辛萬苦，才到得了彼岸。

前日與朋友說了一個堡壘間征戰的夢，「妳最近過得如何呢?」朋友問。一時間突然不知如何回答，「等我確認一下……」從包包中掏出手機，叫出電子行事曆，看著行事曆我才感到心安，這些計畫能為我回答近況，而我已記不清我到底做了多少事。「我好驚訝……問妳過得如何，妳竟然去看行事曆……」在朋友低喃的震驚中，我才意識到自己的失魂。「崇鳳，妳是不是忙到生活裡充滿事項，一件接一件，根本來不及關心自己的感受呢？」朋友看著我，眼中忽現同情。

驀地想哭，但哭不出來。

大半個冬季，工作滿檔又逢農忙，除了開車到外地演講、帶領過夜工作坊、護守孩子登山過溪、教授自由舞蹈課程，還處理農事體驗活動的報名、擺攤販售農產加工品，我火力全開，在講師、舞者、引導員、嚮導、行政與小販之間不停變身，開創不同生命風景的同時，呼吸也愈來愈急促。好不容易回家，只想在沙發上癱軟，渴望休息，無奈田裡農作不等人，大片毛豆田嗷嗷待採、農事體驗也即將到來，不捨先生一人孤軍奮戰，我吞忍不適，捲起袖子下田。

那麼盡心盡力，每一個角色都全力以赴、華麗演出，可是沒有喘息的時間，勁量電池用完要怎麼辦？我在滿地遍生毛豆的田中採收，揀選與分類的簡單勞動反覆無止盡，下午一點鐘，冬陽溫暖照耀，眼皮努力強撐，不能放棄，閉上眼就是認輸，我不要一蹶不振。「是不是累了？妳意興闌珊，一點也不想採啊！」協力夥伴一針見血指出我人在心不在——這奮力拚搏根本是紙糊的，一戳就破。

現代職場驍勇善戰的女人，而今回家不一定要洗手作羹湯，卻不知何以農務家務仍堆積如山。我面朝大片田原無語，外出得以大顯身手、威震四方，不料歸來田野皆依舊、廚房碗槽滿杯盤……不作傳統相夫教子的農村婦女，卻仍在實踐自我與兼顧家庭之間擺盪失衡，那個晚上，我在先生面前情緒潰堤，嘶啞的聲音大喊我恨毛豆。女戰士陣亡，夠了，我沒法再攀登了。

只盼望自我實現、好好生活，踏實又詩意的理想家園在哪裡？難以兼顧的現實告訴了我什麼？

每顆飽滿的毛豆都該妥善撥下冷凍、玉米再不採就要浪費、落果的番茄要撿拾榨汁熬煮成醬、蘿蔔葉曬乾了還可以做蘿蔔苗，愛物惜物，才不枉這一季辛苦耕耘。就是太愛惜一切，沒能愛惜到自己，勉強繼續奔赴，至終被榨成人乾。

夜裡，我抱著棉被躲進書房，迫切需要獨處，能者多勞一點也不快樂，勞動可能無上限加碼，那不是無畏吃苦就能破解的，年輕時登山常被不熟悉登山運動的同學嘲諷「自虐」，某種程度意味著能承受一定強度的苦勞，咬牙強撐把自己逼到某種極限。這種主動討苦吃的甘願令人不解，那是因為我們心中有屬於我們想抵達的高峰。而若此刻面對的是一座生活與工作交纏無止盡的山，那我還真夠自虐了。

登山到底是個人的，旅途短暫，上山下山終有時。然而我面對的是一個家庭、一片土地以及人生。如果做全能的百變女郎一回到家就幻滅，登峰造極轉瞬即逝，那麼我要如何調整？我想過什麼樣的生活？什麼樣的家才會令我常保滿足呢？

記起某次高山溪谷長程溯勘的隊伍，行程精彩刺激，歸來卻全身痠痛不已，客運上的我好想泡澡，只是夜已深，家中無澡盆，當然不泡也不會怎麼樣，撐一下就過去了，反正回家也能淋浴。大概是荒野自然帶來了清明的力量，我認真思索，如何圓滿這小小願望。當下聯繫友人方不方便借用她家有浴缸的浴室，隔日早上我去泡澡。

早上九點，這奇怪的時間，我走入友人家浴室，包包裡有精油、蠟燭、軟毛巾、還有手機與藍芽音響。朋友為我放了水，隨即出門開會，我獨留她家，舒舒服服進行一個美好的晨浴。浴缸中，氤氳熱氣間朦朧想起某年北海道泡溫泉的自己，那身體瞬間的鬆緩，任肌膚毛細孔被溫熱的水包覆。工作或勞動令人深感責任與意義，靈感卻沉沒死寂，時常是鬆弛放空的片刻，靈光閃動，出其不意的想法就會自幽黑的深處湧現——因為懂得疼愛自己的緣故。

我需要的，只是這樣。盡情盡興使用身體後，能自我呵護以平衡內外。

彼時溯登雖損耗身體，大自然卻將心神養得豐沛滿盈。而今身心俱疲，還要面對生生不息待收成的土地，坐在田埂上，我承認抵達極限，吃苦耐勞是一招，但不是大絕招，總得休養，才有氣力繼續苦勞。既難以縱情享樂，也要先學會放過自己，去無所罣礙睡個覺、或吃一頓好吃的飯吧。

毛豆田間，翠綠的垂筴累累，冬陽依舊，向晚的風開始涼了。作物其實一點也不在乎它是否會被採收，只是順應時序，發芽開花、果熟蒂落，無論是作為人類的食物或成為大地的堆肥，它自然生滅，而歸於靜寂。賦予土地各種意義與價值的，是人。而我忘了，在土地面前，我也跟作物一樣，會生會滅，而終歸於零。

那還有什麼好咬牙不放的呢？第一次，我甘心放手收穫，回頭看見自己的需求——別再作全能的百變女郎了，就當一個愛吃愛睡的，平凡的俗女吧。

過度努力：

出自二〇二一年由寶瓶文化出版，周慕姿心理師所寫的書《過度努力》，副標為「每個『過度』，都是傷的證明」。形容一個人總懷有對自己不夠優秀、不夠有用、不夠好的憂慮恐懼，這種懷疑促使人拼命上進，凡事使命必達、強逼自己做到好，即使在工作或學歷上擁有了令人驚嘆的成就，外在光環耀眼讓人稱羨，還是覺得生命蒼白耗弱，認為這些都沒什麼。因為好之外還有更好，公領域做好了，私生活還有千瘡百孔的破洞要補，努力不及，最後就是繼續攻擊自己不夠好。過度努力者有一個永遠無法企及的理想自我在驅策，遊走在各種目光與評價中，即便掌聲不斷，自卑情結和罪惡感仍如影隨形。他不相信此刻停下來喘息，不再努力，也還是會被好好愛著。

憑什麼可以享受

我始終記得一個畫面：我和妳一前一後，走在中國邊疆城市滿洲里的外環公路上。陽光猛烈曬在頭頂，夏季近四十度的高溫讓我們汗如雨下，而公路沒有盡頭。前方妳應付腳汗症穿著藍白拖，步伐未曾停下，越過頭頂的大背包讓妳看起來如駝獸一般堅忍向前，影子在正午拖著一點點疲憊，而我的夾腳拖已快要撐不住跋涉。「身體就是要拿來用的！」我腦中浮現妳理所當然的堅定表情，也因此未曾質疑過這般「苦行」的必要性，若這是妳對挑戰自己出的考題，我倒是在無意中附和了這樣的意義，並懵懂地成為了同場應試的考生。

我們都很願意吃苦——這與隱忍的美德無關，長大以後我攤展那些咬牙撐過的時刻推敲檢視，多半是來自性格裡的倔強。當然若要追索，成長背景裡家中長輩原型的身影必有族群基因。如大眾印象中幾個顯著的客家民族性：節儉、勤勞、硬頸，被父親自豪為「客家魂」附鑿於身教之中；而客家女人的傳統藍衫、花巾斗笠與未曾纏足的大腳，則成為田中、家裡內外兼顧的恆常勞動印記。

自小看阿婆細細收拾田間作物，幾棵芥菜可以煨湯熬煮年節餐桌上的長年菜，也可以薄鹽微醃，碎切炒肉末剁椒成雪裡紅；其餘的要靠手勁輕巧整株灑鹽搓揉，一株株完整浸泡在發酵的陶缸裡，醃製成爽口清脆的酸菜；而黃豆、蘿蔔、高麗菜等各種作物千變萬化的運用原理亦同，所以在農村長大的孩子都閒不下來，田間農事趕赴作物生長，採收勞動已揮汗如雨，但回到廊下，後續醃漬保存加工的各種龐雜程序，更是千頭萬緒，怎樣都做不完。

人力短缺和田間事務的龐雜成失衡對比，家族人丁稀少，每逢農作採收季節總是一人抵三人用；加上後來家族共同闢田為屋，投資建設經營旅宿事業後，一到假日旅遊旺季，家中人人更是忙得像陀螺瘋轉，錯過三餐時間是常態，甚至為應付突發人力需求而習慣站著吃飯。假日從外縣市回家幫忙的表弟妹總苦笑著說：「我們家，女人當男人用，男人當獸用。」父親是獨子，四個姑姑有一半是單身貴族，家族含我只有四個小孩，平時都在外地工作讀書，只有週末連假能回埔里老家幫忙。彼時家中經營的民宿也做年菜，過年期間成了最忙碌的人力需求高峰，每日都要工作到近晚間九、十點才有辦法吃晚餐，填飽肚子後再回到廚房後場收拾，涮洗堆積如山一籃又一籃的鍋碗瓢盆。「為什麼不買洗碗機？」表弟的某任女友自願跟來充當人力，不解地發問，彷彿我們活在原始森林不知道世界已有科技；「在我們家，只要自己能做的不會請別人，人能做的不會用到機器。」表弟悠悠地回答，在滿手滿臉泡沫的洗碗槽前，我們都笑了。

「回家不停的工作，你們難道不會拒絕嗎？」表弟女友是嬌慣率性的都市女孩，她伸出新做好的精緻美甲向我們質疑。「拒絕什麼？妳沒看到大人更累嗎？事情又不會變少，我們不做就是老一輩的要做，大家都在忙，我們憑什麼可以享受？」表妹忍不住回嘴，她的手不僅能在古箏器樂上大氣撩撥氣勢恢弘的古典樂曲，也能戴上手套浸泡在油污殘食的洗碗槽裡——這便是吾家後輩養成的氣魄，事無貴賤人有強弱，家中長輩們吃苦當吃補、從不抱怨的身教讓晚輩不敢鬆懈，那樣高壓的勞動記憶留在身體裡，忙碌內化成反射動作，鬆閒放懶的時間一長，便心生惶恐。

「享受」是一個相對的概念，並非以吃苦為榮、信奉寡欲，將舒服愜意的時刻都視為怠惰；備受檢視的是在那之前是否有對等的付出、勞動力是否公平？「三天捕魚七天曬網」等於無法持之以恆，「日出而作，日落而息」前提是要「作」才可以「息」，好逸惡勞肯定會受到撻伐。付出與收成是天秤兩端相對應的概念，如何持平則是每個人心中的一把尺，那些衡量的標準若放在他人手上，極容易就因為在意周遭眼光，成了壓榨自己的慣老闆。

懂得「用心工作盡興玩」，是很後面的學習了。

是的，對於習慣勞役自己、鞭笞向前的苦行者而言，不懷揣忐忑、放心休息是需要練習的。最難的是有意識拒絕世界複製的價值，真正回到自己內在的那把尺，不去忌憚別人的眼光和評價，亦無須向他者證明勞動才有價值。所有的生產都需要充沛的後援，生存的危機雖能讓一朵花在枯窮之境綻放開來，年復一年的欣欣向榮卻需要休耕後的沃士孕育。

不再將行事曆安排得那麼滿、在工作期程之餘，也把「休息」堂而皇之地標記成待辦事項，這是前幾年我火力全開栽進工作裡，體力情緒都透支超載、狀態極糟時，妳曾經提供給我的小建議。如今我選擇離開高速運轉的工作跑道，暫避於操場的草皮地帶，懂得置身在功成名就的競爭激情吶喊之外，鋪一方野餐墊、為自己做一份豐盛的餐食、沖一壺明亮清爽的咖啡，自在地躺平放空曬太陽，看藍天白雲隨風飄過，放慢腳步感受生活的況味，真正「享受」活著的珍貴。

「年紀有了，不要再熬夜。」今年回家過年時，爸媽在睡前提醒燈下孜孜夜讀的我。熄燈休息，換來清晨時光的抖擻，伸展身體靜心瑜伽、專注寫作，下午再回到田間採摘勞動，與雜草搏鬥的過程中，也能和媽媽互娛自得。喜歡中年的自己，體力和精力都不再充沛蠢動，因此願意在感到疲憊時將邊界放寬，而非以嚴厲自律為榮。對於「日出而作，日落而息」這個詞彙我所體認的，不再是「要做得夠辛苦才值得好好休息」，而是在日日起落的時光運行裡，找到勞動與放鬆的規律，如同萬物生長的節奏，生命皆有四季。

沒有黑暗何來光明的期盼，未曾辛苦便嘗不出鬆懈的甘甜，穩定運作的基礎來自於適時的停頓——如此就算目的是攻頂後的日出，也能隨時依著心意歇在半路，心安理得享受當下每一刻的況味，即便只是在路上。

自我壓榨：

常見於對「工作狂」的描述，形容自己或他人基於心理、社會壓力、經濟困境等主觀或客觀因素，無法停止忙碌、勞動或付出，而忽略了照顧自己或投資自己，久而久之造成自我犧牲的選擇慣性。另有一說慣於壓榨自己的人是因為缺少自我價值感，常會覺得自己不如身邊的其他人重要，所以從未給予自己應有的關照。研究顯示，透過「照顧自己」，可以降低某些工作從業者的壓力，同時，安排專屬自己自由運用的時段、創造日常生活中的儀式化，或為自己設定健康、自我充實的階段性目標，都可以減輕自我壓榨的困境，藉此找回幫助自己和照顧他人的正向循環力量。

怦然心動的房間

大學時期，我們共租一幢兩層樓有庭院的樓房，我住一樓，妳住二樓。偶爾，會有大學同學來訪。

而我永遠不會忘記某日，一位曾同學來家裡找我，初次走進我房間的驚嘆——那是我第一次體會，有一種驚嘆，非關誇讚，而出於純粹的訝異。他雙眼圓睜，重複著一句：「崇鳳，妳的房間，太整齊了吧！」語句的重聲不是放在「整齊」，而是「太」。那個「太」音，因不自覺過分強調，以至於我即刻嗅聞出不對勁，隱約藏有一種非比尋常的提醒。「會嗎？」我聳聳肩，不置可否一笑，自己的房間一向如此，這裡滿布我的規則、喜好和習性，無所覺察其異狀……有什麼問題嗎？

他驚愕的反應駐足在我心中，久久不滅。那是因為我很欣賞曾同學隨性自在的氣質，像是無所為而為的僧侶，清風一般存在，與他相處很令人放鬆。能在他身上看到強烈的情緒或字眼，那表示，這超乎他的想像……我的房間超乎想像？環顧一室，「太」整齊了嗎？

小時候，我很喜歡的一項任務，是「整理書桌」。喜歡把書桌整理得井然有序，抽屜打開也層次分明，鉛筆盒、橡皮擦、別針、作業本、圓規與尺，都清清楚楚安放，喜歡為每個小物件創造它的歸屬之地，小小年紀，在分門別類的物件整理中，感到莫大的自信與滿足。

國中時期，首度擁有自己的房間，非常開心。書桌與書櫃是要角，望著井然有序的房間能令我心安。常自主安排花一整天或一個下午，慢慢整理擦拭，為每一個物件重新找到最佳位置，卡片與剪報皆適得其所，過時或不需要的，開始學習捨棄。

那是真心喜歡，在凌亂不整的環境中工作，給出一個秩序。從中了解到，秩序能帶來安靜的力量。若能有充裕的時間，讓我慢條斯理歸類重整，我能在重置的整齊與秩序中，安放自身，這是我最閒適的獨處祕方。暑假一到，甚至會規畫系列性的整理計畫，驕傲無比對準備出去玩的家人預告：「我要整理房間！」妹妹始終難以理解我的熱情，她最討厭整理了。

只要房間整理好，我就神采奕奕，清爽自在。居所能洩漏主人存在的狀態，滿布生命的軌跡與氣質，收納之道愈來愈周全，沒什麼久遠或細小的東西我找不到。

「太」整齊了嗎？

秩序感蔓延至生活習慣，可能無所不用其極。比如小學有個怪僻，是喜歡梳頭髮。與其說喜歡，不如說需要。五、六年級，優秀乖巧的我，課桌上鉛筆盒旁的凹槽中，一定會放有一把梳子，時不時，上課到一半我就會拿起梳子來梳頭，這動作很明顯，但我竟然不在乎老師會看著我，只管一邊梳頭一邊上課，梳好了就會放下，引來側目也在所不惜，只要頭髮整齊柔順。十一、二歲，我需要一再用梳子保證頭髮的整齊不打結，才能繼續安心上課。

「太」整齊了嗎？

如患有某種強迫症，梳子一定會在我的書包裡，它是我重要的法器，確保不凌亂的證明。直到國中剪了短髮才失去這個需要，一頭俐落短髮伴隨我直到三十歲以上，幾乎忘了我曾有梳頭的癖好。

長大以後，需要整頓的生活空間變得又大又多，工作忙碌之時，難以有足夠的時間好好整理，我會為此焦慮不已。若秩序感等於安全感，等於堡壘，等於精神狀態的鑑定，我需要靠一再的勞動去重整，然而我已不再是只要照顧好一個房間的我，中年的家園有諸多細節需要關照，置身其中，面對混亂，焦躁操煩之時，才恍然那梳順頭髮的重複性動作，來自於不能接受失序的自身。

「太」整齊了。

當年曾同學來到我的房間驚嘆不已，一如我走進妳二樓的房間也嘆為觀止。

一樣吃苦耐勞的客家細妹，房間卻呈現截然不同的兩種氣息。妳的物件繁多，床上桌上常堆疊散漫隨性的衣服或者書籍，令我印象深刻的是衣櫃，記得某次妳打開衣櫃的一瞬，衣櫃裡「湧出」的衣服，五顏六色眼花撩亂到我瞠目結舌的地步，彷彿走入了什麼異次元，我們簡直是不同星球的兩種生物。妳的房間很「狂妄」，囤積著隨興恣意的各種想望，用一種我未能理解的另類規則，像把明黃色或鮮紅色的顏料一把潑灑在牆上那種放浪，夾帶著目不暇給的豐盛，彷彿妳從不介意混亂。

也許這是兩人結為好友並成為室友的原因，至少，在認識對方的過程中不停碰撞與交會，莫名達到某種奇異的混融。

年歲增長，我練就出接受混亂的能力，學會放緩，與其焦慮外在空間的失控，不如好好面對內在空間的荒蕪——只要內心擁有清明的自知與時序，外在環境終只是成長背景，一個乘載肉身的大搖籃。

第一次有一種莫名的解脫感，出現在多年前的花蓮租屋。彼時我剛結束為期半年的中國雲南之旅，甫回到亞熱帶島嶼花蓮，一切都是新的，一切也百廢待舉。面對半年未打理的居所，諸如灰塵滿布、床單發霉、水電費欠繳、機車發不動、傳單滿出信箱……看著極需整頓清理的居所，我竟不覺沮喪，異地旅居經驗帶來豐盈的能量，其內在安定到能令我面對一室荒蕪也平靜以對。慢慢來，不一定要那麼整齊、不一定要各安其位，有時散漫一點，也是鬆綁自己的智慧。然而我珍惜，也欣賞自己對秩序的要求與敏銳度，那出於對世界照護的溫柔，清整空間，就是清整內心，而我已長成時刻能翻新秩序的大人，走在凌亂不整的租屋中，不慌也不忙，如在散亂的廢墟中一道安靜的光芒，走到哪都帶著一股明晰的意識。我知道這明晰不會維持太久，卻刻骨銘心。

真正的秩序，是凌駕於控制與規範之外的。我更新我的空間，其實是更新自己的一種方式。若意識渾沌，更新的動作變成自我要求或照顧他者的必須時，便容易迷失在整理的細節裡，然而我哪裡是想整理呢？一切的發動，都是為了讓身處空間的人，靜下心，感到安全與歸屬而已。

真想念小時候特意空出一個下午，一個人守在書房整頓的專注與愜意啊。重新蓄起長髮後，不自覺用手順著髮尾的小動作令自己失笑，而我也不是那走極端的整理控和秩序狂了——桌上已沒有梳子。牆上，有張來自寺院的書法字：「剛剛好，是大智慧。」

我仍在整理的道途上，之於居所、之於自身，建立一套屬於自己的新秩序。無須過分整齊，懂得放懶、來點縱情，才是我怦然心動的房間——這一生的志業。

秩序狂：

重視規則、條理、紀律，願意花時間安頓生活環境令其有秩序，此秩序包含了空間秩序、時間秩序和心理秩序。容易將專注力放在細節上，常為整理耗時費力。雖將周遭整頓得井然有序，卻會為秩序感強烈所苦，而對環境有控制欲。只要生活或工作失序就容易失焦不耐煩。可能造成個人莫名的執著，如對物品的排放、分類的規畫過於要求，不符規範便焦灼不安，周圍的秩序影響其心理安全，卻同時因秩序感強烈，對於所有物、事件與期程的各種狀態較能清楚掌握。

溢出邊界的自由

突然想起那個和我同處一個星系的男孩，某次在收到我手作的禮物時端看半晌笑出來，脫口而出的那個描述：「哈，這作品很有妳的風格，就是有一種張卉君式的不耐煩。」

愣了幾秒，明白過來他在調侃我的手工藝裡那些不顧細節的紊亂，起初聽從邏輯按捺性子做的事，到最後快完成時就有些急躁了，白話形容大概便是「虎頭蛇尾」、「三分鐘熱度」，但又似不僅止於此。對約定好的秩序不管不顧，打毛線不算針數、縫衣服間距不一、做陶刻花時不願重複、做筆記一定要全白不用橫行格紋紙……無論是從小處顯影或自亮處挺身，血液裡叛逆的蠢動未曾湮滅，循規蹈矩不是我的信仰，這世界的規則那麼多，次序分明層層構成人所處的社會，約定俗成久之晉升為規訓道德的法律——那嚴厲的要求我並不陌生，成長過程在阿婆和父親的強烈控制欲，以及母親教導、要求細緻工整的規矩裡，我清楚辨識出框架長得什麼樣子。

明白，卻不想真的遵守。

從小我便懂得偷渡那些叛逆，隱身在克己遵禮的表象之中。我見識過混亂的力量，大自然的災難不過是正常釋放的能量，就足以傾毀人類世界建造出來薄弱的文明。無論是高中時期經歷的那場九二一大地震，抑或是研究所畢業後投身駐點報導的莫拉克風災，天翻地覆之後錯位的橋墩路面山壁、坍塌的高樓大廈與參天巨木、河道漫淹滾滾黃沙傾瀉而下、粗細不一的漂流木推擠淹塞了近海港口。我充滿驚懼卻目不轉睛，震懾於人類遠遠無可企及的自然之力，在災難的現場、在紀錄片的畫面中，甚至是充滿末世預言意味的科幻災難片裡，我對於顛覆所有秩序的混亂感到顫慄又著迷，如鏡般折射出內在情緒的擬態。

那像黑洞一樣的失序感長存於我的潛意識，駐紮著像生了根那樣，不知怎麼地竟痛且快活著。只有我自己知道，看似社會化程度頗高、邏輯腦袋發達，遇事如庖丁解牛般從容不迫地應對，甚至有能力經營運作艱難的計畫、一個不算小的組織，事理分明的社會運動倡議者——在除卻工作領域之外的私人生活範疇，卻是散漫、凌亂、恣意且隨興至極的；在公私兩界各別呈現秩序與混亂的分野，隨著年紀漸長竟愈描愈深。

這樣的矛盾不時令自己陷入了困惑，崇尚邏輯、理性、知識，卻又不知覺地被潛伏在性格裡的頹軟所收服，檯面上總是慷慨激昂高喊振奮人心口號的自己，私下卻比誰都更想要躺平就好。我不擅長遵守秩序，尤其當意識到規範之時，矛盾的心理時而生起，知道自己做得到，甚至做得好，但不喜歡。我意識到這彷彿是腦袋和心之間的拉扯，也許更是後天「習慣」和先天「習性」之間的角力，當兩者勢均力敵時尚能平衡生活，一但天秤傾向哪一端就有急速下墜的狀況。工作上的秩序感使我變成一個嚴厲的執行者，不容許自己犯錯的同時也對周遭夥伴高度要求，漸漸使同事畏於開口求助；而愈是緊繃之後的放空就更加渙散，有時感覺不到與世界同在的頻率，彷佛漂浮在遙遠的星系之外，不成人形。若遇到高張的衝突事件，情緒崩塌之際，強力的失落和沮喪感像核彈一樣襲來，內心世界的炸裂與荒蕪迫使腦袋一片空白，靈肉分離瞬間恍惚不知自己身在何方——後來回看才知道自己「解離」的病症發作起源於好幾年前，始終未曾照料。

為了讓心裡混濁的懸浮物沉澱下來，也嘗試他人建議的方式，學習瑜伽、靜坐、冥想，甚至是訓練圖像感受和直覺的塔羅牌。「我是誰？我是怎麼樣的人？什麼才是真正的自我？」——這些關於生命本質或存在主義的大哉問時時糾纏心底，直到我將這個疑問丟給高中時通信的詩人筆友H，他寫道：「所謂真正的自己，或許並不存在，必須將自己打碎，重來，打碎再重來，才可能在過程中更瞭解自己一些。」這個答案某程度亦回應了我，清楚描繪出我說不清楚的感受，安頓了蟄居我心總是蠢蠢欲動的惶惑。

那惶惑也許出自於理性腦對秩序的期待，希望自己也能夠義無反顧地投身在被秩序馴服的隊伍裡，如此明晰清澈、有條不紊、一心一意、毫無懷疑；實際上卻做不到，打從心底想要反抗、衝撞，從框架裡拆解出一條自己的逃逸路線，求生一般向十字架的倒影匍匐前去。

混亂可能是我所依恃的逃逸路線。

研究所時讀到法國哲學家德勒茲（Gilles Deleuze）提出的「逃逸路線」（Line of flight）概念：「逃逸路線係為一種對既有已知的價值，知識建構與構成做出一種逃逸，甚至叛離。其所循溯的是在平常社會建構那平實的線中，找出一個隙縫、缺口。」雖然對其背後複雜龐大的文學理論一知半解，仍藏不住眼前一亮的得救感——原來在文明規訓、秩序禁錮的光滑世界裡，還有一個逃跑的可能，免於窒息、麻痺、盲從，充滿神祕和冒險的裂縫，可以無所顧忌投身於混沌之中，那種漂浮、失重、無序的狀態，卻是我急欲掙脫束縛一躍而入的深海。

這樣的渴盼，也多少能夠幫助我理解自己：比起高度節制有序的日本、歐洲等國家，為何我更著迷於印度、尼泊爾、西藏、雲南、泰緬這些邊境城市的駁雜多元；相較於規律嚴肅的經典文學，我更偏好庶民視角的稗官野史。當然，無論是經歷天災還是人禍，在種種脫序、破壞之後，人類在斷垣殘壁中重建家園、經歷權勢洗牌後再度編造次序，在現代社會形態之下維持順暢運作，仍是非常重要的工作，畢竟若沒有框架的存在，順應者無以依循，而叛逆者也就不具有脫框、破窗的目標和動力了。

我也常在整理空間的過程中得到療癒，將所有物件歸位排列的過程如同整頓自己，在雜亂之中理出一條明路來，彷彿自己就能收整出融入世界的樣子，有被接納的安心。清晰的靈光也會有，大概就像清晨醒來陽光透過窗紗照射進來的樣子，光明且具有希望，還有朝日初升起的溫柔氣息，不暴烈的、軟萌的，挾帶日系雜誌的畫風。隨著搬家的次數愈來愈少，整理雜物、實施「斷、捨、離」的機會就需要自己創造，但不知不覺就會復發「什麼東西都想留」的囤積症狀，仍在每個物件與回憶的取捨之間痛苦地拉扯徘徊。關於秩序我已經不再強求，接受隨心一些、散亂也無妨，允許自己意志的軟弱，耽溺於溢出邊界的自由：丟不了的，就再放一陣子吧——規律這回事，若依隨自己的節奏，不也會漸次堆疊出來嗎？

順帶一提，開創「怦然心動整理術」，號稱用這套整理法，幫助上萬人過上「怦然心動人生」的祖師婆婆近藤麻理惠，之前才因在媒體面前鬆口坦承

「自從有了第三個孩子之後，我家就一片混亂，幾乎不想整理了」。而引起數以萬計的觀眾拍手叫好，高呼近藤終於懂得放過自己了。

解離症：

《康健雜誌》指出，解離是一種心理防衛機制，當人在受到龐大的心理壓力、傷害時，透過個人意識、認同或是行為短暫性的改變，來迴避傷害，以免招致情緒崩潰或是身心傷害，但當解離過程失控時，可能造成各種解離性疾患。常見的解離性疾患有四種，分別為心因性失憶症（解離性失憶）、心因性朦朧（解離性朦朧）、多重人格和自我感消失。心理醫師指出，解離症狀中的自我感消失，會覺得自己不像自己，彷彿心、神抽離身體，像旁觀者一樣看著身體在做事；失現實感則是彷彿來到另外一個時空，覺得周遭環境變得扭曲、如夢似真，距離自己很遙遠。

下坡是門大學問

獨自一人搭乘客運來到大醫院，坐在骨科候診處等待。時不時抬頭看望，我所屬的號碼仍在後面，那一扇門往來進出的病人，看來都行動不便、老態龍鍾，行動如常的我坐在這裡幹嘛呢？膝蓋出了狀況，不知問題是什麼，我得來，尋求揭示，探問指引。

中央山脈南一段走至最後，終點以前，那憂懼的連續下坡即將到來，不過是從石山東鞍下到林道上的特生中心，不過連下七百公尺，我還是因膝蓋疼痛走到喪志了。不知是骨盆前傾又或肌肉使用不正確，二十年的登山經驗，換來愈發不中用的一雙膝蓋。我已不再身強體健，中年婦女很憂慮，儘管使用護膝與登山杖輔助，下坡的長度仍有限制，若遇連續陡下的長距離下坡，無論走得再慢，到一定程度左膝就會疼痛，左膝率先發聲，不多時右膝就會附和，我只會離前面的隊友愈來愈遠，疼痛感伴隨著沮喪和心慌，走沒多久就想休息，休息次數之多，已遠超乎一般同齡夥伴。

體貼的夥伴會放慢速度伴我同行，然而跟隨我的速度下坡其實頗費腳力，在陡下時不停剎車或休息其實會打亂身體節奏，他們愈忍耐配合，我愈歉疚掛心，偶爾勉強自己快一些，疼痛感襲來，會產生負面情緒。已經夠慢了，為什麼我不行？這些年，見證自己的膝蓋隨著登山次數積累愈來愈脆弱，從前連下一千五百（公尺）才感到痠軟，去年連下一千就不勝負荷，今年連下七百便開始疼痛，數據提醒我面對事實，把自己拋在隊伍最末，與前方隊友快速拉遠的距離意味著我與健康的距離，懊惱地輕撫膝蓋內側，會憤世或厭世是很正常的事。

自參與大學登山社開始，反覆入山與下山，早年身體有本錢，為了不拖累隊伍又或要證明自己，一心求快，不懂得如何運用肌肉，負重下坡索性用跳的，快速旋轉關節也不以為意，長年耗損，儘管隨經驗累積已做調整，膝關節仍為此付出代價。

終於走到林道上的特生中心，司機大哥久候多時，坐下來拆解護膝，驀地襲上的低溫讓膝蓋疼痛感更加鮮明，我隱忍著，考慮下山後是不是去醫院做檢查？返家後，膝蓋持續有感，內側微腫且按壓疼痛，猜測是鵝掌肌（為縫匠肌、股薄肌、半腱肌三塊膝蓋彎曲肌肉的肌腱統稱）出問題，發炎還好，我懷疑是否合併關節退化？軟骨磨損到什麼程度了呢？惶惶不安中，上網掛號。

「有什麼問題嗎？」一週後，走進骨科診間，醫師千篇一律的口吻像是面試。我行走正常，膝關節腫脹已消，初次會面，好端端的，醫師難以在短暫對談中就為我做MRI核磁共振攝影（檢查軟組織），他不認為有這需求，只交代不要再爬山。若堅持做MRI，可以自費，一次六千到一萬不等。

我不要。

「真的不是鵝掌肌的問題？」不死心繼續追問。

「……不然妳先照X光，我們看看骨頭狀況再做評估。」醫師嘆了一口氣。

骨頭明明沒問題，為什麼要照X光？按部就班是大醫院的規矩，會到大醫院求診的患者，多數是嚴重或病急，能讓醫師在第一時間內迅速對症下藥，若想知道如何預防下一次疼痛、做到膝蓋照護、獲取正確身體訊息……我才默默承認，我是來錯時機，也選錯醫師了。

莫名照了X光，悻悻然離開醫院。茫然走在街頭，前往車站，經過一家裝潢頗為新穎的物理治療診所，沒頭沒腦就推門走入諮詢。櫃檯人員告訴我，這裡離居所美濃太遠，物理治療需要時間，請我回到自家就近尋找相關單位才是實際。

搭車趕赴市區一趟，卻是白搭。坐在車站候車椅上，我垂頭喪氣，無限焦慮，想康復卻不知從何修正起。不只是連續下坡超過一定限度會痛，跳舞若出現連續性旋轉動作也會。有時，短短一首歌三分鐘的時間，我甚至不知道做了什麼動作，只知歌曲結束，膝蓋隱隱作痛，這是什麼意思呢？

妳知曉身體有狀況，卻不知如何避免或降低它的發生。只記得大醫院醫師斬釘截鐵地說：「以後別再爬山！」「那就不要跳舞。」高高在上的權威者掛上「禁止」的告示牌，就像風光明媚的海灣或溪流旁有個「禁止戲水」的紅色標語一樣刺眼。為保全身體安危，斷然中止對世界的探索，於我而言是太過蠻橫了。多想繼續這些鍾愛的渴望與志趣，同時對我的身體負責啊！該怎麼重新出發？當醫師宣布放棄一途。

膝蓋帶領我看見自己的堅韌，大半青春歲月讓它承擔我肩負的重量，而今它發出求救訊號，我卻坐在這裡發呆，失去動力回家。下意識撥電話給一位推拿師友人，他不回應西醫說法，只淡淡說了句：「就我所知，妳身體需要的不是『局部的改進』，而是『整體的協調』。與其不停追討，要不要放緩？從提升核心穩定度或練習放鬆開始吧……」彼端的誠懇與關懷傳遞過來，儘管似懂非懂，但我似乎找到力量去排隊搭車了。

哀鳴或急躁都無濟於事，是我固著於膝關節退化的想像，一心求MRI檢查，未達目的失魂落魄。卻因此意識到自己是如何地恐懼：我想像我的軟骨磨損嚴重，任何退化都充滿威脅。

至終，收到留意身體平衡與協調的訊息。是的，我擅長上坡，以一定速度持續爬升從來難不倒我，卻始終學不會適切下坡，重心不穩常讓膝蓋盡數承受。連續性下坡於是成為我的罩門，之於一個拼命求上進的孩子，卻無法健康快活地走下坡，人生就是這麼寓意深刻。

下次回診，我換了一個醫師，已非骨科專業，專治運動傷害，進出診間的果然都是受傷的運動寶寶，醫師看著我的X光膝關節攝影，說：「骨頭很漂亮啊！」突然間覺得這X光也沒白照，我找回一點信心，細述登山下坡的狀況，他乾脆直接地說：「那是（鵝掌）肌腱炎。」

終於，得到答案。

「我不會叫妳不要爬山，因為你們都不聽話。但妳少爬一點吧，間隔期長一些，讓身體有復原的時間。」醫師說。因他不再禁止，我竟未多提做MRI核磁共振檢測的念頭。

後來，找到了合適的物理治療師，測試結果，過度仰賴強健的股四頭肌，臀大肌都忘了怎麼使力。改變身體的使用習慣是一條漫長而艱辛的路，需要時間，才發現在登高冒險自我實現的年輕歲月中，我不計代價令身體付出配合，而今低頭償還的時刻到來，見識到自己使喚身體的霸道，我虛心受教。

這是你的身體，你最大的禮物。孕育著你沒有聽到的智慧、你以為早已忘記的悲傷、還有你尚未知曉的喜悅。

——瑪麗恩·伍德曼（Marion Jean Woodman）

喜歡加拿大作家伍德曼的這段話，被張貼在一古法按摩的網站上作為箴言。我的膝蓋，教導我調整行路的姿態與心態，但盼自在下坡，不論是山路、或是人生。

肌腱炎：

肌腱是在肌肉末梢與關節交會處，那條細長的膠原纖維組織，附著於骨頭上。功能是傳遞肌肉的力量給骨頭，使其帶動關節。肌腱會發炎，多數為施力不當或長時間反覆使用所造成。不造成生命危險卻造成了生活困擾，如媽媽手、滑鼠手、網球肘等，皆為典型肌腱炎。急性發炎時，患部會出現紅、腫、熱的現象，按壓有疼痛感。重建與復原速度較一般肌肉慢，因肌腱的血液流量只有肌肉的七分之一，可能持久不癒。若不停止該項活動或工作，可使用護具輔助，或練習伸展、強化核心肌群的運動來提高身體平衡和肌肉的柔軟度。仍需仔細觀察、適切治療，避免發展為慢性肌腱炎，至終可能需手術介入。此篇崇鳳認為膝蓋除了單純肌腱炎，尚有不明原因待觀察。

我與馬桶的距離

真的沒想到有這麼一天，我會對坐式馬桶心懷感激。

妳知道的吧，有「潔癖」的我雖然習慣凌亂，但對於身體與外界接觸的介面，總是盡可能隔絕。想像著與他人的唾液、體液、尿液有所沾染，都會讓我謹守距離、退避三舍。雖然噴酒精、勤洗手這些清潔習慣，是在新冠疫後為了減少接觸傳染才廣為宣傳，但敏感體質如我，早在年輕時便習慣在公共區域佩戴口罩、搭車戴帽子或圍巾、出門過夜自備枕頭巾、上公廁一定選蹲式馬桶——種種與世界隔絕的方式我都想過，無形的細菌彷彿隨時可能攀附寄生的陷阱，為了跨越窪地的一灘汙水、閃過傳統市場滴著血的生肉海鮮攤、甚至是一間尿漬四濺的便所，都極需要倚靠靈活的關節和膝蓋。

尤其是在船上。

當腳踏上船板的那一刻，固若磐石的陸地不再，身體迎來的是時刻漂移起落的浪湧，膝蓋在隨時力求保持平衡的船上成了身體的調節器。身為一名太平洋上的鯨豚解說員，我們需要立在三樓甲板的瞭望平臺上，手持望遠鏡尋找渺遠海面上鯨背畫破的水波，抑或四濺的浪花裡逆光七彩的噴氣，隨時透過麥克風向駕駛臺指引船隻的方向——那是船隻最頂端的絕佳視野，也是最顛簸狹仄的立足之地，瞭望甲板僅有不及半身高的細瘦白鐵圍欄，要不想在下一波浪湧起時翻落，身體平衡與關節之間的調節至為重要。我總在啟航之時，向船上乘客傳授減輕暈船不適的心法：「將身體放輕鬆，看著遠方的海浪，想像自己是株海草，隨著浪的起伏輕輕擺動，膝蓋是最好的調節器；放下陸域不動如山的下盤，在海上要學著隨波逐流。」在骨頭與骨頭之間，連結、銜接運轉的關節，卻是負擔緩衝、潤滑功能的軟組織——身體構造多麼奇妙，教我們剛強易折、柔則長存的道理。

年少時結伴走過邊疆行旅，彼時易流腳汗的妳隨意踩著藍白拖鞋，而怕悶熱的我則是趿一雙夾腳拖鞋、背駝登山包，跟著跋涉萬千泥石地、黃土道、柏油路，兩個擅於走路也不吝惜身體的浪遊者，就這樣以最陽春、簡樸的行當，無畏地行遍天下。後來回憶起我倆是如何不知好歹地向膝蓋預支了未來，已經是在關節發腫、積液漲得膝頭肌膚緊繃至無法曲折，痛到得一拐一拐到門診求醫的診間裡了。復健科的醫師微微蹙眉，望著超音波下毀傷嚴重的半月板，沉吟片刻問：「妳是從事體育工作的嗎？還是有遭遇過重大意外嗎？怎麼這麼年輕，膝蓋就磨損成這樣？」我支支吾吾地回答不出來，心裡想著最大的意外可能就是結識了信奉「身體是拿來用」的朋友，自己更未曾注意過扁平足造成行走姿勢的歪斜，在足弓沒有適宜支撐的鞋墊保護下，長期受到地面作用力的反射，久之便埋下了病灶。

「軟組織的磨損無法復原，妳得加強復健，訓練膝蓋周圍的肌肉了。」醫師囑咐我每週兩次到醫院復健治療，得有耐心地和眾多等待修復的人們輪番排隊，熱敷、照紅外線、電波貼片刺激穴道、仰躺在後背墊一顆棒球來回在脊椎線上滾動、九十度抬舉雙腳空中踢腿……一系列復健套餐操做下來，動輒一兩個小時，消磨掉我延遲下班後僅剩不多的休閒時間，而膝蓋的積液仍不見好轉。

那段時間我身上總帶著復建科裡漢方草藥膏的氣味，輾轉於拉帘與醫院並排明亮的日光燈下，回到住處仍夜不能寐。年少時尚能活動自若，籃球場上激烈奔跑，點燃青春熱血、搶籃板球的大跳躍仍近在眼前，彼時的膝蓋關節像裝了彈簧的機關，夢想啊、活力啊、膠原蛋白啊什麼都在觸手可及的地方；未曾想老化來得那麼猝不及防，不到四十歲就已經零件毀壞得要進廠保養。膝蓋的難題過去不曾困擾我，偶爾走山徑，上坡路走得氣喘吁吁，下坡倒是輕鬆不已，誰知道會有一天也得彎低腰身尋找矮樹枝和藤蔓根系做支撐點，危危顫顫地抖著腿下切、如廁之時更加折磨，蹲式馬桶成了可望不可及的考驗，腫脹的膝蓋已無法支撐身體的屈折，只能忍受著不潔之感向坐式馬桶求助。

失衡的身體靠意志力支撐，長時間沒有訓練的腿部肌肉，讓膝蓋加劇負擔，因而得提前發出退役的警訊。反覆到復健科報到幾個月後，在朋友的建議下報名瑜伽課，在調息與呼吸之間重新感受身體各個部位的關聯，靜下來之後，意識巡遊於器官與肌肉之間，透過呼吸的帶動進入身體更深層的血液裡，甚至骨骼之間的軟組織、運行於肌骨筋脈裡的體液，在閉上眼潛心內觀的時刻漸次顯影。不需要透過X光強力照射，亦不用透過MRI或CT斷層現形，長時間被忽視的身體訊息在沉潛吐納之間細細顯化而至，彷彿漆黑水下悄悄折射的深海磷光。

瑜伽老師溫柔的聲線，引領著我們進入放慢、拉長吸氣與呼氣之間的過程，感受肺部被氧氣撐出來的空間，再一寸寸將它釋放，當瞬息吐納與意識相結合，呼吸不僅是維繫生命的反射動作，而是進一步在身體內部空間與外部環境的連結，我感覺身體成為一個容器，意識能夠控制呼吸的節奏，亦能夠有機地選擇讓什麼進到生命裡來留下、什麼釋放出去再無須介懷。

在動作與動作之間，正確運用每個部位的肌肉是重要的提醒：「『代償』是身體裡的一種保護機制，意思是當身體有部分肌肉無法正常運作時，會讓其他肌肉暫時性的介入，協助完成動作。而當我們在運動時，原本應該發力的部分稱為『主動肌』，但可能會因姿勢錯誤，或是力量不足卻硬是要完成動作，導致輔助的『協同肌』過度發力。久之輕則致使肌肉痠痛，重則可能導致受傷。」身形勻稱得像雕像的瑜伽老師體態輕盈地穿梭在瑜珈墊之間，為每個僵直的、硬挺的身體尋找正確的支持體位，一面解釋著「代償」導致的身體失衡，彷彿亦在回應膝蓋的委屈——在硬脆如瓷的骨骼之間，掌管著疏通樞紐位置的關節組織像築起壩體的河流，承擔了過度的壓力導致淤塞無法排出的死水，黏稠發炎在關節周遭遲遲不退的積液，竟在幾堂瑜珈課之後鬆動、流通，身體像是重啟了循環，當感受與心念通透運轉，柔軟成為最強大的支持，我在微微痠痛卻暢快地經驗瑜伽的深度按摩之後，將身體放鬆攤展開來，大字型躺在瑜珈墊上。「最後的『攤屍式』（Savasana）要完成。」瑜伽老師療癒的聲線隨著氤氳在微光室內的線香縈繞於耳：「無論多麼忙碌，即將趕往下一個行程，但在最後別忘了要感謝身體的勞動，專注地放鬆，像回到生命最初的樣態那樣。」

看似最簡單，不帶任何要求的「攤屍式」，其實也是最難習得的大智慧。如何在生活、抑或生命的段落之間，給自己全然的信任與支持、不帶評價的放鬆與接納，只是靜看意識經過身體，如水流順引至下一個渡口，在無有之間張弛有度，是膝關節軟組織留下來的人生功課。

半月板破裂：

半月板位在膝關節內，膝蓋上層股骨、下層脛骨相接的地方，呈現半彎月形狀的軟骨組織，如同緩衝墊一樣增加兩塊骨頭的接觸面積與密合度，提供更好的避震和活動穩定度。身體上半部產生的壓力，經半月板分散、吸收、下傳到腳底，可以減少膝關節負荷，避免膝軟骨磨損。當半月板破裂時，也稱為半月板撕裂，膝蓋處會明顯感到疼痛、腫脹，有異物感及出現異常聲音，影響膝關節運動時的靈活度。半月板破裂也會導致關節液淤積，使膝部出現發炎腫脹現象，在半蹲、盤腿等特定姿勢時感覺膝蓋疼痛。

寫在之後

是的，我們有病，而認可這事實本身，就是一種健康。

一個立體的人有光亦有影，看過陰晴圓缺才是完整的週期，有病才是完整的生命。

跋・做自己的女神

倒數最後兩天，新康橫斷縱走即將結束，自三千公尺的高海拔一日下降到八通關古道上，我拿出所有的意志，咬牙下坡，在連續下降一千公尺後開始變緩……不，不能說是緩，而是牛步，以蝸牛的速度前進。這不打緊，每下降一個落差，撐著登山杖我會發出「嗯哼」、「啊……」如老人家的呻吟，我無法控制，必須發出這樣的聲音以提振什麼，彷彿能減輕疼痛。只是路很長，走到後來，連發聲都顯得虛弱不振，我的臉愈來愈臭，呼吸凌亂。先生在前方等待的身影愈發模糊，我感覺自己不濟。漲滿厭恨自己的情緒，千百種譏笑與嫌棄在腦海裡迴盪，終於走到先生等待的地方，我疲軟地靠向一棵大樹：「這是什麼？」連辨識都不想。「扁柏。」先生低沉的聲音傳來。

隨後，我不顧三七二十一地抱緊那株樹幹，仰天大喊：「扁柏先生，請你幫幫我！」瘋狂的吶喊迴盪在森林裡，樹梢的枝葉輕輕擺動。我轉身，幾乎要哭出來，頹喪的身軀滑下樹幹，一屁股坐在山徑上，因為實在太辛苦、太糾結、也太醜了，不禁喃喃：「那些崇拜我的人，真該看看我現在的樣子……」

先生笑了。我瞪了他一眼。說也奇怪，不知為何竟有心情開始重整悽慘落魄的自己。

那些人人稱好的形象是一種毒癮，若我無法維持那樣的溫柔、穩定、堅毅、創意以及才氣，我可能會不知覺被神格化的我所綁架，即便是爬山。與其說虛弱的膝蓋整垮我，不如說我無法接受如此虛弱的自己。事實上就是有這麼爛這麼卑微的時刻，身體有她的侷限與殘憾，若我不能適應身體變化接納各種狀態，強求維持在充滿活力的想像，根本上是對自己的凌遲。

這一部雙人共筆的身心之作，書寫不易，寫到最末，正是身體議題紛沓而至的時期。比如終究要面對長年消化不順暢的債務，終於為痔瘡動了橡皮圈結紮術，原以為門診手術可快速復原，不料術後的疼痛感超乎預期，正逢先生痛風發作，還要故作堅強夾緊肛門出外遛狗，大氣不敢哼一聲，在一陣陣疼痛感中渙散漫遊，虛弱無邊。隔日，生理期報到，我在骨盆底層的下墜感中辨識著這難受是來自子宮還是肛門？開始害怕疼痛，如廁不敢使力，別說排便，連小解都顯得費力，那經血還記得怎麼釋放嗎？馬桶上面對真相，我變成了嬰兒。

意識到自己得擔起母親的角色，這當下要打造一個搖籃……「放心，我會陪著妳。」篤定地，對自己說，如許下什麼諾言一般。

「沒問題的喔，把妳的難堪、羞恥、憋屈都放下，放鬆、放輕鬆，想像一下河流，對！就像河流一樣，慢慢流，所有的流動都是健康的，沒有問題，妳一定可以的。」發現自己是前所未有的溫柔，我不知道我會說出這些話……「不用害怕、不需要忍耐，放下、放下、放下……妳是安全的！」如平常帶工作坊的引導詞，帶著一股清晰與威儀。

一股熟悉溫暖的流動細細地從陰道口鑽了出來，紅色湧流出現的同時，我的眼淚也流了下來。

我愛妳，我的子宮。

我愛妳，我的直腸、大腸、小腸。
我愛妳，我的尿道、膀胱、腎臟。
這麼多年來，妳真是辛苦了。
馬桶上——原來是一個神聖的位置，廁間就是課堂，揭示奧祕的屎尿之道：神聖原可出自於汙穢，而巨大收藏在渺小的謙卑中。
我是如此脆弱、如此平凡，這個身體告訴我，我的有限：需要不停歇地理解與對話，如實接納這肉身的全部，才能找到真切的力量活著。而後，為這身體的運行與精神的存有，感到驕傲。
出門在外，講臺或舞臺上我能把話說得冠冕堂皇頭頭是道，無論多麼閃亮耀眼，都不如回家後，繁華落盡蹲在馬桶上，抱著自己允諾：「我會和妳在一起。」把那些想對情人說的話都拿來對自己說，自愛如此艱難。
一心只想對外表現良好，而不顧及多年來身體到底為我承擔了什麼。比如長年的頭痛於我仍是個謎，始終不知如何下筆；比如我的月經（不調）、膝蓋（不良）、脊椎（側彎）、喉嚨（長繭）、耳朵（半聾）……皆緩緩老矣，若不學會看向自己，我永遠不知道自己是誰。

人們不知道這些憂患隱疾，我會微笑，穿得美美，優雅迷人。一切訓練有素，太容易了，美好形象散播出去，被喜歡被讚揚被仰慕，在夢幻的彩虹泡泡中遺失真相而迷路。事實上，把自我價值外掛於任何條件都是懶惰，為自己耗損的身心負責，可能比異地冒險或極限運動更需要勇氣。

作品的書寫，於是成為治療與陪伴自身的一個處方。沒錯，最初是為了創作而開始與卉君對話，寫到後來，卻發現電腦螢幕像一面鏡子，慢慢指認那失落與匱乏的，原來檔案都存在身體裡，藉由書寫一點一點翻查與揭露。深刻記得，鼓起勇氣寫〈手帕是一種優雅〉（手汗症）時，明知這形影不離的病症於我最熟，卻未料寫到一半會嗚咽出聲，止不住哭泣讓我驚慌莫名，乾脆闔上電腦放聲大哭，那埋葬在記憶深處我未能理解的明槍暗箭，猝不及防，自書寫破口而出，文字如陽光照亮暗夜，我才知這根本是自己踢自己的館子，那些絕口不提那些倨傲，原來是諸多未被承接的傷。

那篇文稿終於寫完時，寄給卉君，突然間覺得，這些文章有沒有人閱讀、會不會被認同都不重要了，重要的是過程，莫名成為一種與自我修補的進程，若身體是我的天，我就是女媧，女媧補天，將分裂的斷裂的碎裂的天空之鏡，慢慢拚整起來，做自己的女神。

這一生，能力求誠實、盡興創作，有出版社無條件相信，有夥伴一抛一接——經歷爭執、冷戰、或高度共鳴，包含尖叫、呻吟或無聲吶喊，通通照單全收，不時給出回應如慰問、指引如針砭，還有什麼比這更值得歡慶的呢？那麼便感謝這不完美的身體、過於敏感的性格以及諸多出包出醜的事跡吧！是的，我們有病，而認可這事實本身，就是一種健康。像散落在風中的雨，在陽光的輕撫下，化作了霧，在廣闊的天地間，緩緩蒸散。

跋・有病才是完整的人

曾以為生命不至於走到這裡。

年輕時多麼輕率瀟灑，從小「藥罐子」的體質，過早覺知疼痛的磨人，便打定主意活得精彩絢爛就好，這一世我無法決定自己的降生，至少可以為離去的時刻作主吧？「我希望到三十歲以後，臺灣安樂死可以合法化」一直這樣相信著，就彷彿掌握了自己的命運。我的傲慢展現於對身體病痛的抵抗、堅信自我意志主宰一切的任性，「身、心、靈」三者未曾整合，而是暴力地讓身體服從。

「病」對我而言帶著一種疏離，對身體顯得漠不關己，只要心靈豐足了，軀殼損壞捨棄就好——如今看來得承認所有纏身的疾病都來自於自己，而非怪罪給天降厄運。像是逃了好幾條街、穿梭畸零的巷弄，每每臨到絕境又逢凶化吉那樣逃避著病，高壓工作的後期簡直不敢面對鏡中凋零的自己，卻始終被追逐著直到死巷裡的高牆赫赫，再也無處可逃那樣，只得轉過身來看清被辜負的軀殼，浮腫蠟黃、眼圈烏黑，雙腳無力且胸鬱滯停，食不知味亦沒有欲望，光呵氣都引起胸腔疼痛的結果是連呼吸都想省略。

自以為能不管不顧的身體最終反噬，以疾病作為呼救的訊號，使得意志也得為之招降。此後委頓難堪縈繞於心久久不散，「憂鬱」追上來安坐在肩頸，抱著頭顱遮蔽觸目所及的光亮。病發之時如同在無盡的暗夜中行走，覺知不到世界的心緒空茫，彷彿黑洞吞噬所有的光，不對未來抱有任何希望。不是沒想過死亡，如同年輕時瀟灑決定那樣，卻始終沒有跨過那道失重的線，只是分身出另一個自己那樣看著，不激烈地讓念頭升起又落下，有時帶著斷裂的決絕，有時則又安慰著自己的軟弱。那段時間不短，親近的朋友總有自己得安頓的生活，我最大的勞煩就是在還有辦法求救的時候打電話給能承接的人，另外在理性的時候試著安排後事或者餘生。

自尊極強的人恐怕都是這樣，對自己和他人都過於嚴苛，力求完美無失的表現，以維持他人眼中燦爛、光潔又無堅不摧的形象，多少給了自己不能失敗的人設，也時時背負著害怕他人失望的偶包。意志還可強撐時尚能如此，一旦身體如堅固堡壘崩毀，所有堆疊也隨之潰散。對我而言，要坦誠面對生病的事實，像是對自己的背叛一樣——然而真正難堪是即便痛苦至此還是沒有勇氣赴死。才知道原來年輕時誇誇其談的灑脫、笑得荒涼的恐懼，實則是對自己最大的謊言。

雖然古有云「騙得過別人騙不過自己」，但當自我催眠的能力太強時，反而最難以理解、看清那個複雜狡猾的自己。將不得不說成我想要、把鄉愿偽裝成博愛、將感到勉強的小心思都隱匿起來，假裝自己很能承擔……人往往要到意志再也無法控制、身體也放棄支撐的時刻，才匍匐在苦痛之中狼狽地承認渺小、脆弱、易碎、偏執、過激。那樣的時刻幸好仍有一起寫作對話的夥伴如鏡如缽，折射我的晦暗也讓同時映現我的光影、承接漫溢的情緒也始終等待清明。於是鬆綁自己，承認那些內傷早已碎屍斑斑，勉強沾合的完整比濕透的紙張易碎，「別再撐了吧，誠實一點，難道不完美就不值得被愛嗎？」無暇的完美如泡沫般虛幻，何況那堅若磐石的美一點都沒有縫隙讓人靠近。

「距離感」是很長一段時間他人對我的描述。

尤其在極力維持某種不可破滅的形象那時期，眾人眼中驍勇善戰的女將，在堅不可摧的同時也高築著銅牆鐵壁的情緒城牆。難以與人建立長久的關係，公開場合完成禮貌的社交之後便趨避人群，久之生出了傲慢冷淡的耳語。無法說出口的是固著黏滯的情緒無法釋放流動，也恐懼被看穿。然而在二〇二〇年末和崇鳳共筆《女子山海》，在一來一往的筆談探問中揭露自己的病與黑暗，意外在出版後陸續收到讀者的回應，那餘波甚至蕩漾至生活中久未互動的朋友，主動傳訊向我透露他們有類似的煩惱與疼痛。

遂感到釋放後的輕鬆，也受到回音的鼓舞，方知原來一個立體的人有光亦有影，看過陰晴圓缺才是完整的週期，而有病才是完整的生命，此中的愛恨糾葛、貪嗔癡怨交織出苦樂並存的日日，那是放棄了便嘗不到的百味，亦是來到人間走一遭的試卷。

國家圖書館預行編目資料
人生有病才完整 / 張卉君, 劉崇鳳著.
-- 初版 -- 臺北市 : 大塊文化出版股份有限公司, 2023.09
272 面 ; 14.8x21cm.--(mark;188)

ISBN 978-626-7317-54-9 [平裝]

863.55 112011186

LOCUS

LOCUS

LOCUS

LOCUS